歳月

真尾悦子

影書房

歳月◆目次

敗戦まで

一九三八（昭和十三）年、私は学校を卒業すると同時に飯田橋の病院へ入院した。四歳のときにかかった小児マヒが悪化していた。

ノートを持った医学生が二十人余も見学するなかでの手術だった。小児マヒの足首固定手術は、まだ一般化していなかった。私は決心して、実験台にのぼったのである。

密着させた骨の切断面から新生する、無数の糸状軟骨が伸びて噛み合えば、しっかり結合するという。それまで、手術の確実な結果は分からない。退屈で、不安な病院生活であった。

一カ月後に、手術部位のギプスに窓をあけて、レントゲン写真を撮ることになった。小学五年生から使ってきた松葉杖と別れられるか、あるいは、両松葉杖にすがる身になるか、二つに一つの審判が下る。しかし、たとえ格段に悪化しても、いっさい苦情は申しませんと、私が無理に頼んだ手術なのだ。

松葉杖が胸を圧迫するので、肺門淋巴腺《りんぱせん》が腫れていた。腹膜炎で、一学期間欠席したこともある。体重は三十八キロ止まりだった。

日比谷音楽堂へいそぐ途中、有楽町駅を出たとたんに杖が折れたこともある。レオ・シロタのピアノ演奏会であった。連れの中谷孝雄氏にタクシーをさがしてもらっているあいだ、私は顔を火にして動けないでいた。大阪・土佐堀《とさぼり》の専門店へ、できるかぎり、ほそく、美しい黒うるし仕上げに、と注文した品である。樫《かし》材の無惨な裂け口に、宵の雑踏を行く人びとが不審の眼を向けた。消えてしまいたかった。

私がストレッチャーでレントゲン室から戻ると、母は病室をうろうろと歩き回って、小声で念仏を唱えていた。結果は、まもなく執刀の石原医師が報告にくるそうであった。

心の昂《たかぶ》りを抑え、チラ、と母を見てから枕の下をさぐった。私は、そこに或る劇薬を隠していたのだ。

ひょんなきっかけで私の家に同居するようになった、朝鮮からの留学生、金世珍《キムセヂン》さんにねだったものである。健康だが、身辺に複雑な事情をかかえる薬学生の彼女も、その白い粉の薬包をポケットに忍ばせていた。私たちは、同い年だった。

――私は、ものごころがつき初めたじぶんから仏教信者の母に聞かされつづけた言葉を、忘れたわけではない。

親さまの深いお慈悲のおかげで、やっと人間に生まれさせてもらったのだから、どう間違っても自分で命を断つようなマネをしてはならない。

母は、けっして改まった言い方をしなかった。雑談のついでになにげなく加えるか、針仕事などをしながら、ブツブツとつぶやくのである。それらは、まるで子守唄のように、心の奥底にしみ込んでいた。だが、私はどうしても薬包を捨てる気にはなれなかった。

石原医師が病室に現われた。私は母の眼を盗んでもう一度薬包を確かめてから、平静を装った。母は、いたたまれなくなった様子で病室を抜け出して行った。

「大丈夫、成功ですよ」

私は洟《はな》をつまらせて「母を呼んで下さい」と言った。

ちょうど、靖国神社の大祭で、賑やかな太鼓に乗ったどよめきが伝わってきた。

医師の人柄を信じてまかせきったはずの手術だった。しかし、母は度を失って念仏を唱え、私は薬包を確かめた。恥ずかしくて、まともに彼の顔がみられなかった。

ギプスを外して、初めてベッドから下り立った日。医師が靴下を脱いだ素足の上へ私の蒼くほそい足首をのせて〝力を入れてごらんなさい〟と言った。若しらがと童顔がふしぎな調和を保っている彼は、片手で私の背を支えて満足そうにうなずいた。同じ訓練を繰り返した数日後、いつものような温顔をみせた医師が「召集がきましてね。あした入隊します」と、しずかに言った。

いまにも雨になりそうな空模様であった。松葉杖でカタンコトンと窓辺に行った私は、ぼんやり外を眺めた。ひどく心ぼそかった。

そのとき、眼下の大通りを、兵隊が列をつくって行進してきた。二階から見下ろしているせいか、どの兵も小柄で、少年のように幼げだった。と、なかの一人が突然地べたへ横倒しになったのである。

ビシィーッ、と頬桁《ほおげた》を殴る音がした。立ち上がりかけたが、一歩も進めずにこんどは前へのめった。ビシィーッ！

誰かが、水筒の水を激しい勢いで顔に浴びせた。兵は、体をふるわせてようやく立った。

やがて、何事もなかったかのように、隊列は病院の前を過ぎていった。

いつのまにか、母が私のうしろに寄り添って涙を拭いていた。

ちょっと話が前後するが、私はまだ学生の頃から、ひそかに同人雑誌の仲間に入っていた。『作品倶楽部《くらぶ》』という投稿誌で知った人たちである。

ある夜、父が晩酌をしながら、さりげなく話しかけてきた。

「このごろ、悦子の本棚に小説本が急にふえたようだねぇ。本を読むのもいいが、娘らしく、長唄でも習ってみないか？」

「私は、お三味線なんかより、マンドリンがいいわ」

「こんな時代に、西洋楽器をならすのはどうかな。長唄にしなさい。お師匠さんに頼んで出稽古にしてもらえばいい」

一九三七（昭和十二）年である。結局、私は疎開するまで長唄を習うことになった。

同人雑誌の会へは、かならず私服の特高刑事がきて、憮然《ぶぜん》とレインコートの衿を立てたまま動かなかった。

教員養成と、良妻賢母を育てる学校の学生である私が、チエホフの短篇に酔い、岡本かの子の『生々流転』に心を傾けていた。やがて、これも親に内緒で、放課後に神田三崎町の英会話学校へ通いはじめた。

まだテキストの1も終らないうちに、思いがけない事件が起きた。麹町《こうじまち》警察署から私に出頭命令書がきたのである。何のことか、まるきり見当がつかなかった。両親は〈小説本〉と無関係ではない、と判断したようだった。しかし父は「何かの間違いかもしれないから、落ちついて、はっきりうけ答えをするんだよ」としずかに言った。母はただ私に哀しい眼を向けた。

翌日、私は警察署の殺風景な小部屋で中年の刑事と向き合った。

「キミは、卓という男と、どういう仲なんだね、え？」

私にはわけが分からなかった。何秒か経って、それが英会話学校の教師の名だと気がついた。生真面目な授業振りの、若い朝鮮人であった。

「先生です」

「ナニィ！　女のくせに英語なんか覚えてどうするつもりだ。ヤツは、教師ではなくて、いい人なんだろう、え、そうだろう？」

刑事は卓青年はアカ（共産主義者）で検挙された、と言った。

大輪の菊花を織り出した大島紬《つむぎ》に紺の袴《はかま》の私は、両袖をきちんと膝の上に重ねて黙っていた。彼は、思想調査をする様子はなく、卑猥な表情で私を眺め回した。そして、椅子のうしろに立てかけた松葉杖で視線をピタリと止めた。明らかに侮蔑の色が浮かんでいた。国の非常時に、こんな体で——という呆れ顔である。

「危険分子に近づくのだけは、やめるんだな」

私は唇を噛んで署を出た。ひと足、ひと足、松葉杖の先のゴムが舗道に当たる感触が、拡大されて脳天にひびき、刑事の濁った眼が目前にちらつく。杖を投げ捨てたかった。濠端《ほりばた》で足を停めて、金さんにもらった白い薬包を確かめた。

翌年、卒業を待って、イチかバチかの手術をうけたのである。

松葉杖を、病院へ寄付して退院した。別誂《べつあつら》えの足袋に、ファインゴムに似た医療器具を挿入すれば歩けるようになった。

衣料もすべて配給制で足袋の仕立てを頼むキャラコ（綿布）さえ自由には買えない時代になっていた。手術直後の足をおっかなびっくり踏みしめて、隣組の防空演習に出た。組長宅の庭先で燃やしたゴミを、藁縄《わらなわ》を束ねた火叩きで消す、空襲に備える訓練であった。年ごろの娘が家の中に引っ込んでいるのは非国民だ、というのである。

従兄に召集令状がきた。足の手術の執刀医が「満州」（現・中国東北部）で戦死した、という。そんなとき、大学院生の知人に誘われて、ふと、バイブルクラスへ行ってみる気になった。神田のニコライ堂である。

それからの私は、日曜日ごとに迎えにくる彼と、のがれるように家を出た。老齢の白系ロシア人、セルギー司教の講義は、けっしてむずかしくなかった。彼は、日本語はもとより、漢文をも読破した。講義のあとは、十四、五人がいつも司教を囲んで紅茶をご馳走になった。

〝むかし、アイヌ人は、暴風雨の夜にはいろりの隅に立てた火箸に向かって祈った、と聞きました。それが、宗教心のはじまりだと思います〟

私はニコライ堂へ一年半通いつめた。

〝ヨツコォ〟

ヒゲの司教は、私をそう呼ぶのだった。

〝奇蹟が信じられない、というのですね。人間は、無理に信じることなんかできません。洗礼を、受けたくなければ、受けなくてもいい。そのままでいいのですよ〟

戦局が切迫した。堂を出て、世田谷に用意された寓居へ移る司教を、私たちは淋しく見送った。

ここで思うことは、あのとき、黙って私を教会へ通わせてくれた、母の心の深さである。

一九四一（昭和十六）年十二月八日。あのボンボンボーン、と不気味にひびいた音と

「臨時ニュースを申しあげます」という声が、いまもなおなまなましく耳底に残っている。

当時、私は慢性腹膜炎で寝たり起きたりしていた。

その日の午後、乱暴に門をあける音がして、隣組長の濁《だ》み声がきこえた。

「あしたも、町内に出征する人がありますす。見送りに遅れないように頼みますよォ！」

午前五時、組長さん宅集合だという。米英への宣戦布告が、本業鳶《とび》職の彼をひどく興奮させている様子であった。

私は、ふとんの中でもの憂く天井を見上げた。木目のフシが、父の眼になった。前夜、父は「満州」の出張所をまかせている青年と私との結婚を考えているが、どうか、と言ったのである。早く健康になって身をかためなければ、嫁《い》かず後家になってしまうゾ、とかなしげな表情をした。

その眼が、天井に貼りついていた。〝トラック一杯の娘に男がひとり〟という新聞記事の見出しが、宙吊りにブランブランしている。おどろいて眼を凝らした。広縁からの薄陽が揺れたのだった。みじめになった。

同人雑誌の仲間の一人が、すぐ近くに下宿していた。小柄で、顔色の黒い、私と同年配の男であった。雑誌の用件で二、三度訪ねてきて、母とも顔見知りになっていた。

年末の風のつよい午後、彼がツンツルテンの剣道袴《けんどうばかま》をはいた友人を連れてやってきた。私は、挨拶をしてじきに奥へ引っ込んだ。熱っぽかったのである。

やがて、茶の間から母の癇高い笑い声が聞こえてきた。どうやら男たちに酒肴をふるまっているような気配だった。母はまだ配給制度の食糧も人づてのヤミ買いで不自由はしていなかった。私は眉をひそめて体温計の目盛りを確かめた。水銀は、赤い線すれすれのところに止まっていた。

翌年一月、彼らが再びやってきたのである。

「きのうの人は、寺すじの出らしいよ」

母は上機嫌で昼食の菜を取り分けた。弟たちや妹が学校から戻るまではシンとしていた。

「あの人、お父さんが、枕経をあげにゆかれたっていうんだから、これくらい確かな話はないよ。お宗旨は分からないけどねぇ」

色の黒いほうは、いつものように唇の両端に唾を泡立たせてしゃべっていた。しおたれた着物に剣道袴は、腰を落とした、自堕落《じだらく》女のような横座り。

冬が過ぎ春がきても患い通して父を焦立たせた私は、病床で、同人雑誌に『沼』という小篇を書いた。得体の知れない翳《かげ》に追われておびえつづける女の話である。

電気工事を扱う父の事業は、順調のようだった。父は、つてを求めてヤミの衣料切符を買い集め、私の嫁入り仕度にと、京都で友禅《ゆうぜん》を手に入れたりもした。

派手な色柄の反物を、私は気ままに仕立てては惜しげもなく病院通いに着た。やがて、父からの縁談は自然解消した。相手が、会計報告をゴマ化して麻雀賭博に流用していたのが発覚したのである。

剣道袴の人は、母の歓待に気をよくしたのか、二、三度ひとりで遊びにきた。

七月のある日。母がうわずった声で「早く片付けなさい」と言いながら彼を私の部屋へ招じ入れた。

「悦子、ホラ、ごらん。召集令状って、あんがい薄っぺらな紙なんだねえ」

母は、呆気にとられている私を残してあたふたと台所へ走った。まもなく、精進揚げ、漬物、冷や飯の膳《ぜん》をととのえてくると、浴衣の袖で額の汗をひと拭きして座った。

「輜重兵《しちょう》ですか？　馬に蹴られないようにして下さいよ。凱旋のお祝いには、もっと上等の天ぷらをご馳走しますからね」

私もつられて箸をとった。彼の剣道袴はいつかあぐらになっていた。寺すじ、という、母の一途なひとり合点と、戦場へ征《い》く人を前にした一種異様な雰囲気だった。

ずっとあとから聞いた話だが、剣道袴の父親は民謡の八木ぶしが得意な美声の持ち主で、若いときに法華経の一節を習い覚えたという。戦時下、僧たちの出征で手薄になった板橋の寺に頼まれて、葬家へ行き枕経をあげた。そのお布施で好きな酒が飲めて喜んだとか。剣道袴の他意のない、軽い茶のみ話だったのである。

翌一九四三（昭和十八年）も残り少なくなった。まだ病院と縁が切れないでいた私は、その日、診療の順番を待てずに飛び出して、ふた駅先のお茶の水へいそいだ。大学院に籍をおく知人が、学徒動員で出発する時刻だったのである。

うす暗いホームが、制服制帽の学生で埋め尽くされていた。全員が、赤いタスキを肩から斜めに掛けている。ざわめきはなかった。まるで、無声映画のひとコマを千切り取ったような光景であった。

知人は、聖橋《ひじりばし》寄りの列の最後部にいた。長身の彼は、すぐに分かった。だが、見送り人は移動がゆるされない。彼は正面を向いたきり微動もしなかった。顔を見たい、と伸び上がって眼を凝らしているうちに電車が入ってきた。学生の群れが跡形もなく掻き消され、急にホームがガランとした。私は、風にめくられる襟巻をきつく合わせた。

冬至の前日に、投稿誌『作品倶楽部』編集担当の鈴木初江さんからハガキをもらった。隣り町に住む彼女は、夕食に〝あずきぼうとう（小豆入りのすいとん）〟をご馳走する、というのである。散文の選者、中谷氏夫人も同席するが、なるべく派手な着物でくるように、と附記されていた。とっさに〝トラック一杯の娘に男はひとり〟の新聞見出しが脳裏に甦った。そして、私のなかの天邪鬼《あまのじゃく》が、初江さんの好意にくるりと背を向けていた。

中野駅の窓口に数時間並んで、ようやく、東北本線瀬峰駅までの乗車券を手に入れた。仙台からさらに二時間ちかく北上する小駅である。小学五年生の妹をつれた私は、夜行列車の通路に、新聞紙を敷いて坐った。周囲には、思いつめた表情の女、疲労で蒼ざめた老爺などがひしめいていた。

無理な旅行で、たとえ腹膜炎が悪化しても、それは、それでいい。いまは、ただやみくもに遠くへ行きたいだけだった。案じて、思いとどまらせようとする母を、親しい友だちに疎開の相談をしに行くのだ、と言って振り切った。

その、小さな町の農家へ嫁《か》した同級生からは、恋愛結婚の相手を戦場へ送り、気むずかしい姑と働いている、という便りがきていた。そんな彼女を不意に訪ねた私は、薪をかかえたまま無言で嫁の客を見据える老婆に一礼して戸外へ引き返した。友だちは、近くのハンセン病療養所、新生園へ行ってみないか、と言った。

どういう手続きをとってくれたのかは分からないが、寡黙な中年の医師が案内に立った。私たちも、もんぺの上に白衣を着た。

病室はほとんど素通りして、まもなく建物の外へ出た。園内の火葬場だと指さされた高い煙突から薄むらさきのけむりが冬日の空へのぼっていた。

数人の女患が洗濯をしている井戸端を通った。豊かな髪が眼に入った。健康者としか思えない。水場らしい華やぎがなくシンとしているのが、異常といえばいえただろうか。

餌をあさる白色レグホンの、沁みるようなトサカの赤がヒラヒラと動いた。人のうしろから、また一羽。思わず足をとめさせる、のどかな風景であった。そのとき、つと立った若い女が、激しい勢いで私たちに向けてバケツの水を高く飛ばした。頬が憎々しげに引き吊っていた。先頭の医師は歩調を乱すことなくすすんだ。妹が、私の手をきつく握っておびえた。

小屋のような古い家が十戸ほど並ぶ、敷地内の台地が見えてきた。家族病舎だという。

家の前の菜園に人の姿があった。肩のへんの角張りようから、男であろうと思われた。近づくと、顔の大半が繃帯で隠され、鍬を持つ手指も欠け落ちているのか、ぎこちない。

会釈して通りすぎようとする私たちを、病者は手を休めてじぃッと見おろした。鼻も頬も、耳までが白く包まれた、のっぺらぼうである。しかし、私は、彼の念力にも似た烈しい気魄に射すくめられて背すじが凍った。

貨幣も、園内でしか通用しない、特別なものだという。まったくの別社会である。秋には、園の塀囲いの中に茸が密生するそうだが、付近の住人はただの一本も採らない、と友だちが声をひそめて言った。ふと振り返ると、煙突のけむりが淡く揺れていた。

顔も手足も崩れ果ててなおけんめいに耕す人の前で、足の手術の失敗に備えて劇薬を隠し持った自分をふかく愧《は》じた。

その夜の列車もすし詰めだったが、運よく仙台で座席がとれた。車内の灯りも薄暗く、前の席に軍服を着た中年の人がいた。眠りこける妹のおかっぱ頭をかかえながら、私は窓の外へ眼を移した。

身辺からつぎつぎに戦場へ征った男たちも、きびしい統制下の食糧難も、防空演習がいつ実戦になるかもしれぬ不安も、一瞬どこかへ消えた。

隔絶された病者の生きる姿に圧倒された私は、冴え返る眼を据えたまま揺られていた。

――小学六年生になる妹の、学童集団疎開が迫った一九四四（昭和十九）年九月。私は、突然妹と二人で北陸へ行くことになった。強引に縁故疎開に切り替えたのである。

海辺の小さな片側町は、母の生地ではあった。しかし、一九三三（昭和八年）に叔父が結核で死んだあと、子はなく血縁は絶えていた。母は、叔父の生前からその妻とウマが合わなかった。叔母が婿を迎えて再婚したいと言ったときからずっと音信不通だったのである。

最初は、もちろん断わってきた。妹を集団疎開させたくない一念の母は、折り返し手紙を出した。叔母は条件付きで承諾した。私と妹だけにかぎるというのだ。


叔母は声が大きかった。やや嗄《しわが》れ気味だが、絶対に内緒ばなしができない。

「おら、おまんた（あなたたち）母ちゃんとなんか、一日も住め得んわいね」

言いたい放題ではあるが、ふしぎに毒気が残らなかった。

「こいね、いっちく（無花果）をもいで、えっちゃだちに食わせないま（食べさせなさいよ）」

五歳年下の新しい叔父は、微笑しながら、無言で庭へ下りてゆく。

叔母の口添えで、町から忠魂碑の裏の斜面を借りて開墾した私は、浜小豆を蒔いた。夕方に、疲れて手を休めると、眼下にひろがる海に、能登半島と佐渡が薄墨色に見えた。晴れた日は、左手の能登がひときわくっきりと浮かぶのだった。

せまい町で、疎開者は目立つ存在だった。足弱など理由にならない。小学校への奉職を勧告された。教員免状の死蔵は時節柄を弁《わきま》えない所業、との蔭口もきこえた。

通勤が無理なら、裁縫塾をひらくようにといわれた。運送会社や郵便局、町の北端にある軍需工場などで働く娘たち十一人が、夜になると賑やかに集まってきた。私はけんめいに方言を覚えた。

十一月。はじめて東京に空襲のあった日に、品川に住む従姉が防空壕の中で女児を出産した。中野は無事だった。学徒動員で航空兵になった知人が散華《さんげ》したと聞かされた。お茶の水駅のホームに、長身の彼がただ一人で立っているまぼろしを見た。

正月早々から吹雪がつづいた。駅構内の除雪は隣組単位の奉仕作業である。汽笛も聞こえない猛吹雪のなかで、入れ替え中の機関車に轢かれて即死した人がいた。同じ部落のブリキやのおかみさんだった。その夫は出征中で、子どもが二人。

生まれて初めて雪まみれでスコップを持った私は、氷になった足を踏みしめた。しかし、二時間後にぶざまに倒れて駅長室へ担ぎ込まれた。

ある日、私のところへ中年婦人が訪ねてきた。娘が明晩結婚式を挙げるので、古い婚礼衣裳の袖丈を時節柄短くしてほしい、というのである。

――娘の婚約者に召集令状がきた。この日を予想して結婚をためらっていた相手であった。娘の心境が一変した。翌日戦場へ征《ゆ》く男だからこそ、妻になりたい、と。母は、タンスの底から自分の衣裳を取り出した。

花嫁は私と同い年の二十五歳。二羽の鶴が舞う姿を描いた黒地裾模様の寸法直しを仕上げたのは、夜半にちかかった。一夜妻で、彼女は未亡人になるかもしれないのだ。

二、三日前に、剣道袴の彼から軍事郵便が届いていた。北支派遣軍であった。屋根に降り積む雪の気配が、戦争の音としてひしひしと迫った。私は、障子が明るくなるまで眠れないでいた。

一九四五（昭和二十）年五月。突然、母が疎開してくるといってきた。空襲で家を失ったのである。

その非常事態でも、叔母は亡夫の姉との同居を拒んだ。やむなく、私が他へ移って母を迎えることにした。

父が付き添ってきた。上野駅の雑踏で転倒したという母は、頭に繃帯を巻いていた。

「しずかに、寝かせてあげなさい」

怪我はほんのかすり傷だが、途中で月のものをみたので、と、国民服の父が私に小声で言った。

生臭い、といおうか。不快だった。

叔母の家は町の北端。私が新しく借りたのは、駅前にある元旅館の一室。たびたび私を呼んで米や味噌を持たせるが、叔母はけっして出かけてこない。

八月十四日。弟が軍隊から外泊許可を得てやってきた。いくら新兵でも、敗戦の前日なのに、と思うが、事実である。彼は、妊娠九カ月の妻と一緒だった。以前に、中野の家へ連れてきたことがあったが、父母に気に入られなかった。しかし、いつか、そういう結果になっていたのだ。

母は激怒した。即刻東京へ戻れ、と言った。悶着は翌日まで持ち越された。

重大放送を聞いた弟は、剣を外し、肩章を取って〝とにもかくにもいったん帰隊するから、身重《みおも》の妻をたのむ〟と低頭した。母はそれでもなお、二人で去れ、と言い募った。

出産用品の風呂敷包みをさげた妻の背を押した弟が、無言で外へ出た。

「高崎から向こうは汽車が動いとらんていうがだよォ。兵隊さんは仕方ないけど、あとのひとはちっとか様子みないま（みなさいよ）。東京はどうなっとるか分からんねかねえ……」

窓口の駅員は顔見知りであった。私はかすかにくびを振ってみせながら、涙を押さえた。走り出した車窓に貼り付いた義妹の白い顔が、みるまに小さくなっていった。

アメリカ兵が上陸してきたら、町の若い女はもんぺの紐をきつく締めて海へ飛び込もう、と申し合わせていた。生きた心地のしない数日であった。山側の軍需工場で働かされていたおおぜいの俘虜が、喜々として引き揚げていった。不祥事は起こらなかった。

弟たちは、世田谷に住む場所を見つけ、九月初旬に無事女児が生まれたと知らせてきた。目標の失せた無為徒食から脱出したい、雪国の暮らしもむずかしい、私は罹災後も東京で自活している女友だちに手紙で相談した。

杉並区に住む或る文人が、秘書を求めているという。夫人と子がひとり。戦災を免れた住宅街である。部屋を与えられるというのが何よりの魅力だった。

母を説き伏せ、父には無断で上京した。そこが、焼け跡と飢餓の町だとは承知しているつもりだった。二十六歳の私は、親から離れたかったのだ。

〝文化交流会〟とやらの仕事は、粗末な印刷物の発送くらいで忙しくはなかった。ただ、かんじんの文人夫妻の極端な不和には閉口した。四、五歳の幼女が、いがみ合う両親のあいだで、泣く気力もないほどおびえていた。

そんな家にいる私のところへ、思いがけない客が訪ねてきた。十二月になったばかりであった。

同人誌仲間の、色黒氏と、剣道袴である。二人とも、カーキ色の軍服でしゃっちょこばっていた。剣道袴が北支から帰還したので、千葉の隊で解散した色黒氏が案内してきたという。女友だちが私の消息を教えたのである。

その夜は、四十歳の文人が真っ先に泥酔した。彼は、ぎょろ眼を据えて、文化がどうの、文学がどうの、とさかんにいきまいた。若い二人も同調してカストリ焼酎のコップを重ねた。

翌年の正月、休暇をもらった私はやっと切符を手に入れて母のもとへ行った。ところが、すでに剣道袴から私の母宛に会って欲しいという手紙が届いていた。

彼の母は早くに病没し、美声の父は、戦災に遇い秩父へのがれて、酒びたりになっていたそうである。

北陸は未曾有の豪雪だった。

彼の、私への求婚を一も二もなく承諾した母は、寺すじを信じて疑わなかった。会社再建に奔走中の父も、よろこばぬはずはないというのだ。

彼は小屋根までの雪を珍しがって戸外を飛び回った。配給のシラミ鱈《だら》の味噌汁に舌鼓を打ち、何杯もお代わりをした。

母が人づてに頼んだヤミの酒を、雪にまみれた初老の人が持ってきた。それを一滴のこさず平げた彼は、まだ酔い足りぬと障子につかまって逆立ちをした。翌日、彼は秩父で鉄工所勤めをしている兄の家へ帰っていった。

数日後に戻った父が、とにかく彼の身元調査が先決だと言った。母はとんでもない、寺すじの人ですよ、罰が当たります、ときびしくしりぞけた。つづけて母が、小声で言い添えた。「兵隊がつとまるくらいの人は体が丈夫にきまってます」

中野の、元の家に近いアパートの六畳ひと間を借りた。彼がみつけてきた闇の木炭一俵を権利金代りにした。

剣道袴とは、このようにして、三十六年経ったいまもともに暮らす仕儀となったのである。

老いて

車内寸描

下田発、熱海行きの電車に、私は伊東駅から乗った。ドアのそばにやっと空席がひとつ。私の横と前に、六十代後半の男性三人。通路をへだてた隣りには、そのなかの誰かの奥さんらしい、白髪まじりの婦人。その人の隣りと前にも中年女性がいたが、目配りなどから推察して男性たちとは無縁のようだった。

熱海まで、約二十五分。

伊東駅を出るとまもなく、顔も体つきも角張った真向かいの人が、缶ビールを飲みながら話しかけてきた。

「小田原の親戚へ行くんですがね。ばあさんの監視付きだから、ピッチが上げらんない……」

「おとなしく飲んでなさいよ」

間髪を入れずに通路の向こうから声がかかった。やっぱり、と私はめがねのご婦人に会釈をして、ご主人のほうへはうなずいてみせた。

私の横の黒ジャンパー氏がかるく手を上げた。

「まぁいいじゃないですか、奥さん。いまの人たちとちがって、われわれの世代は戦争で苦労したんです。せめて好きなものくらいは機嫌よく飲ませてあげなさいよ」

「うちのばあさんはうるさ型でしてな。あんたも兵隊にいかれたんですか」

「ニューギニアでネズミ食ってました」

「私は中国。前線で、死人をたくさん見過ぎた。あ、そんなこたァいいか」

と、彼はビールをひとくち飲んだ。

「ところで、あんたは釣りのようだが、悠々自適のご身分みたいですなぁ」

「とんでもない。空襲で家を焼かれた、親代々の東京者です。田舎がないから、同じ町で金物屋してますよ。世の中、グルメだ、経済大国だっていっても、私は四十何年、ずっと小商売で四苦八苦。こんど、やっと女房の許可が出て好きな磯釣りにきたってわけです」

「オレも戦争にいった。内地部隊だったが、ひっぱたかれて前歯が折れたこともある」

私のすじ向かい、窓側で腕組みをしていた顎ひげの人が口をはさんだ。金物屋さんが膝をのり出した。

「戦争はいけません。子や孫には絶対ああいう目に遇わせたくない。しかしですな、ついそう思って甘やかしすぎたツケが回ってきたというか、親の出る幕がなくなった。稼ぎもない若いもんまで、やれ車が欲しいの、ローンでマンション買うのってねぇ。私らの時代を考えてみろって言いたいが、そいつがどうも口に出しにくい。ぐっとこらえて、ああ、いいだろう、なんて、だらしのない話ですよ」

顎ひげが「いや」と金物屋を制した。

「オレは、子や孫にそこまで甘くはないつもりだ。オレたちの青春は、ひっぱたかれ通しの、腹ァ空かした軍隊生活だった。それしかなかったんだ。いまは、自分で選べるじゃないか。人生は二度とやり直しがきかないってことを、つぎの人間に叩き込まなきゃいかん。カネ余りだなんて浮かれていると、とんでもないしっぺ返しがくるぞって、突っ放したほうがいい」

痩せている割り合いに声が大きかった。酔った人は、カラの缶をふたつ、そっと通路にころがした。奥さんは海を眺めて知らん顔。隣りの女性グループのひとりが笑顔を向けた。

「おじさん、昔ばなしなんかしてないで、奥さんと席を代わってこっちへいらっしゃい。ビールもありますよ」

あちらの三人は、温泉一泊旅行の帰りか。せんべいやピーナツをひろげていた。

「かまわないで下さい。うちの人はすぐいい気になるんだから。とくに女の人がいるとね」

奥さんがひと太刀で切り捨てた。

偕老同穴というが、日暮れてなお道険しか、と私は眼を伏せた。男性三人はしばし無言。電車は来《き》の宮《みや》駅へ到着。あと三分で乗り換えである。

よっこらしょ

よく晴れた朝だった。

食事のあと片付けをすませた私は、〝よっこらしょ〟という掛け声もろとも広縁へ出て新聞をひろげた。なぜか、ちかごろ私はこの〝よっこらしょ〟をやたらに連発しているようなので「こんどから気をつけよう」と反省した。

しかし、ガラス戸越しの陽ざしを浴びたとたんにふんわかと全身がゆるんだ。一日のうちでいちばんのんびりできるひとときである。といっても、この極楽は、以前より時間が短くなった。空き地だった隣りに、四角い家が完成したのだ。ここからよく見えていた大《おお》室山《むろやま》の優しい姿も、すっかり隠されてしまった。

視線をさえぎる白い壁は少々恨めしいが、所詮はひとさまの土地である。不満を言えた筋合いのものではない、と新聞に眼を戻した。

写真入りの全面広告は、毎度のことながらマンションの大売り出し。まるきり縁はないのだが、これも高い新聞代のうちか、と眼を通す気になった。まず、値段はいくらか。ところが、かんじんの欄は活字がこまかいうえに、ゼロがありすぎる。一、十、百、千、と数字を辿るうちに、字がぼやけて分からなくなった。虫めがねを取りに立つのは億劫だし、途中で投げ出すのも無念。妙な心理である。まなこを据えてかぞえだしたが、千万単位を越えると気が遠くなった。もういいや、と、つぎのページを繰ると、これまた鮮やかな色刷りで、高級乗用車とカタカナ文字のはんらん。

げんなりして紙をめくろうとしたとき、ドンドンドンと玄関のドアを乱打する音がきこえた。苛立たしく、まるで隣りの火事でも知らせるような勢いだった。

「ハイ、ハイ」

音は、秒、一秒と激しくなる。私はいったんすわると容易に立ち上がれない。脊椎が変形していて、下から何番目かがくっついているのだ。おまけに縁板がつるつるで滑り易かった。

「ちょっと待って下さいよォ」

四つン這いになってから障子につかまり「よっこらしょ」と立った。あ、また言ってしまった。何事か、と、二階の夫も階段を下りはじめたようである。

「荷物です。ハンコ下さい」

もう少し静かに呼んでもらえないかしら、チャイムもあるんですよ、とは口の中。伝票を突き出した若い男に、うしろから夫が無言でハンコを渡した。私には関白太政大臣の夫も、こういう場合にはけっして憎まれ口など叩かない。

そのとき、配達人が一瞬「うっ」という表情で眼をそらした。失礼なと睨みつけたとたんに、私は荷物を落としそうになった。スラックスの前があいていたのだ。男なら、社会の窓といわれる個所である。

広縁で太陽の恵みをうけているうちに腰のあたりが窮屈になり、無意識に止めボタンを外し、ファスナーがおりたものらしい。

私があわててそこをふさぐより先に、配達人の姿が消えた。笑いをこらえて走ったものか、タ、タ、タ、と弾んだ足音だった。いくらトシをとっても、灰になるまで、女は女なのだ。頬が火のようになった。

ハンコをつかんだまま夫は悠然と立ち去ろうとしていた。素知らぬ顔であった。なんだ、そのざまは……と眉を吊り上げられてもうれしくはない。だが、ぜんぜん無関心、というのも如何なものであろうか。複雑な心境で荷物をかかえ直そうとした私は、ごく自然に「よっこらしょ」とつぶやいていた。

集団自決の島

沖縄本島の西、慶良間《けらま》列島のひとつに、周囲二十三キロメートルの座間味《ざまみ》島がある。

一九四五（昭和二十）年三月二十六日、アメリカ軍が、空と海からの猛爆ののち島へ上陸してきた。本島のそれより四日早かった。

前夜、「住民は村の忠魂碑の前に集まって玉砕せよ」との軍命令が出たが、人びとは艦砲射撃に巻き込まれて近くの壕へ避難した。

朝になって、炎に包まれた島と、壕の入り口にまで銃をかまえて並んだアメリカ兵を見た住民は、全員が死を覚悟した。

宮城《みやぎ》さん一家も壕にいた。動転した妻が「子どもたちが生き残らんよう、先に殺してほしい」と夫をせき立てた。ロープで首を締めたが力が入らない。とっさに、夫はカミソリを持った。まず妻に刃を当て、長女、長男、次女とカミソリを振るって、最後に夫自身ののどを切った。妻が「まだ死ねないよォ、早く殺して」ともがいた。十三歳になる長男の、小さく父親を呼ぶ声がきこえた。夫は、再度妻ののどに刃を当ててから自身を切った。

やがて、アメリカ兵と、さきに捕虜になった夫の友人がやってきて一家を発見した。十七歳の長女は血にまみれて倒れていた。長男はすでに絶命。重傷の夫妻と十一歳の次女が外へ連れ出された。死んだと思われた長女は、あとでもう一度見回ったアメリカ兵が救出した。

妻は、長い入院ののち気管に金属の管を入れて呼吸するようになったが、声は出なかった。彼女は、大事な息子を殺した張本人としてただただ夫を恨み憎んだ。数年後、わずかに嗄れ声が出るまでになった妻は、人前でも容赦なく夫をののしり当たり散らした。無口な夫は、戦争ゆえ、とは一度も言わず、静かに泡盛を飲み、サンシンを弾いて耐えた。

一九八二（昭和五十七）年に、私は、戦後に生まれた夫妻の孫に当たる晴美《はるみ》さんに会った。彼女は、呼吸のたびにのど元のハンカチが揺れ動く優しい祖母が、祖父にだけはつらく当り、焦れて泣き悲しむ姿を見て育ったと言った。

ある日、太陽が照りつける座間味港の桟橋で、私は集団自決で生き残った人と船を待っていた。

「私らは、鬼畜米英じゃ、捕虜されたもんは国賊だ、と叩き込まれていたんですよね。絶対に非国民にはなれない。死んだほうがいい。死にたいと思った。こんなこと言っても、いまじゃ誰も信じてくれないでしょうけどねぇ」

海を眺めていた彼女が低くつぶやいた。

座間味島では、村長以下百七十二人が自決したという。軍の命令もあったであろう。だが、当時の私たち日本人が、あれほど徹底した皇民教育をうけていなければ、状勢は変っていたのではないだろうか。座間味にかぎらず、集団自決の場合、強要された、とするものと、自ら死をえらんだという二説がある。後者をおもうとき、私はあの時代の教育の力が如何に大きかったかを考えずにはいられない。

歴史は、主に文字によって伝えられる。しかし、文字にも記されず、声高に語りもしないで、多くの人びとのなかに埋もれ、いつか消えていく真実をも紙背に読みとりたいものである。

雀の巣

食卓から見える百日紅《さるすべり》の枝に、小鳥の巣箱をくくりつけてある。

体長の三倍ちかい枯れ草をくわえてきた雀が、何度も小さな巣穴に挑戦して、ようやく運び込んだ。やわらかい朝陽をうけて、中からチラともう一羽の頭がのぞいた。この番《つがい》らしいのがやってきて、もう十日ほどになる。

やがて、一羽が巣箱の屋根へ出て四方を見回した。敏捷に首を動かし、ときに羽を動かし、ときに羽をひろげてみせる。ひよ（鵯《ひよどり》）が一羽飛んできたが、みかんの輪切りを挿したとなりの梅の枝にも止まれないで去った。雀は、あたりを睥睨《へいげい》しているかにみえた。雄《おす》だろうか、と私はひとりで食事をしていた。

昨日、夫は四万十川《しまんとがわ》のほとりに建った知人の詩碑の除幕式に出かけていった。ホテルの予約は三泊だが、気が向けば延長するという。

「肌着は一枚でいいかなぁ。あ、寒いようならその町で買うとするか」

戸外では桜が散り始めていた。行く先は南国土佐である。しかし、わが家の関白は私のいうことを素直にきくようなお人ではない。

「何しろ生まれて始めてのひとり旅だからな」

在職中は社員旅行もあったし、私の車で北海道一周もした。一度だけだが、一緒に沖縄へも行っている。だが、夫はそわそわと落ちつかなかった。出発時刻が迫ってから、手帳や保険証の類《たぐい》をひんぱんに出したり入れたりした。

「かえって失《な》くさないかしら」

「オレは、念のために確認してるんだ」

「あの、この大判のナイロン風呂敷ね、にわか雨にもかぶれるし、物を包めて便利だけどねぇ」

「荷物がふえる。いや、ま、持つか」

新幹線と瀬戸大橋のおかげで、伊東から高知まで七時間弱、さらに土佐中村へ三時間。

夜おそくに電話のベルが鳴った。

夫は、疲れた、を三、四へん繰り返した。

「せっかくのチャンスだもの、あちこち見物してきたほうがいいわ」

と、私はのどかな調子で言った。

夫は、五日目に帰ってきた。駅前で待っていた私の車に、透明ビニールの傘を持った夫が乗った。

「いやはや、くたびれた」

助手席に腰をおろした夫の頬が少しやつれていた。その朝に、丸亀城で雨に降られたのだそうだ。

「あんな風呂敷が役に立つか」

家へ入って着替えをするなり居間であぐらをかいた夫は、まず鞄の中身を全部ひろげた。ホテルの領収書とマッチ、パンフレット類や洗面具、新聞紙大のＪＲローカル線時刻表、つぶれた茶まんじゅう一個、等々。

「これ、傘のレシート。四国は安いだろ」

ひとつひとつ順番に重ねてから食卓についた。きちょうめんな夫は、北海道旅行のときと同じく、あとでノートに旅日記を清書し、それらを丹念に貼りつけるのにちがいない。

「ああ、ビールがうまいっ。やっぱり、うちがいちばん休まるなぁ。料理だって、これくりまわしたような物ばっかりでまいったよ」

その翌朝。九時を過ぎても夫は二階からおりてこなかった。疲れてるんだろう、と私は先に食卓に向かった。どのみち、夫は白米、私は三分搗《づ》き、私が目玉焼きならあちらはスジコ、漬物も別々。同じ鍋は味噌汁だけだった。

雀は、まだ巣が完成しないのか、忙しそうに動いていた。箸を止めて眺めていると、一羽がさっと飛び立った。うしろでしおらしげに自分の胸毛をつついていた小ぶとりのが、あわててあとを追った。あの雌は私よりおとなしそうだし、雄は巣箱のあるじらしく頼もしい。

南の島にて

ことし（一九九一年）の五月に、私は沖縄県宮古島《みやこじま》に住んでいる、同級生の下地《しもじ》トミさんを訪ねた。病気見舞いだったが、彼女が思いのほかに快くなっていたので、一日、偶然平良市《ひららし》中央公民館でひらかれていた民俗行事に参加した。

会場で、なるべく前の席を、とさがしていた私に「ここがあいています、どうぞ、どうぞ」と声をかけてくれた人がいる。

「本土《ほんど》からですか。色が白いから分かりますよ」

白髪の目立つ男性だが、お世辞がうまい。

彼は古代から貝貨《ばいか》として珍重された、宮古島特産の宝貝に関心が深いようで、資料を見せてくれた。しかし、私は午後にトミさんと約束があるので、彼とはまもなく別れた。

外は鼻の頭が焦げそうな暑さで湿度も高い。公民館の前ではタクシーが拾えず、ゆるい坂を上がってやっと広い通りへ出た。汗が流れた。木の影に、長身の老紳士が立っていた。

「車なら、いまきますからご一緒しましょう」

紳士は、小型タクシーに私をさきに乗せてから「どこまでですか」ときいた。

「まるかつホテルです」

「じゃ、あなたが先だ、お送りします」

見知らぬ人である。車は十分足らずで着いた。失礼かと思ったが気がすまない。そこまでの料金をそっと運転手に渡し、紳士に礼を言っておりた。

部屋でちょっと休んでから出かけようとすると、フロントで茶封筒を渡された。

「お客さまに、と、ことづかっています」

「どなたから?」

「さっき与那覇《よなは》先生がみえました」

封筒には、短いメッセージと百円玉三個が入っていた。私は先刻の紳士の名も知らず、こちらも名乗ってはいない。

「元校長先生で、宮古では有名な方です」

それにしても、と首をひねったが、本土からきた、足のわるい老女の身元が分かってもあたりまえか、と合点した。

翌朝。ホテルの食堂で箸をとったところへ「お早う」と白いスポーツウェアの男性が現われた。きのう会場で隣席にいた人であった。「あのね、与那覇先生が、あなたの、沖縄を書かれた本を二冊読んでる、と言っていました」「えっ」と頓狂な声を出した私は眼をパチクリした。彼は、トミさんをもよく知っていた。「金持のお嬢さんだからねぇ。むかしは、わしらがまともに話なんかできん人じゃった」

周囲が一〇二キロメートルのこの島では、みんな親類みたいなものらしい。

「いまテニスの帰りです。与那覇先生も一緒でした。これからわしの家へ行きませんか。ナニ、すぐそこですよ」

宝貝のコレクションをみせてもらったあとで、お庭のとっくり椰子《やし》のあいだを散歩した。

「いや若いじぶんにゃ、なんとつまらん島に生まれたもんか、と思うこともあったがのう。ま、あの戦争でも、ふしぎにタマのほうがよけてくれよった。せっかく拾うたいのちじゃ、お互い、体だいじにせんとなぁ」

ひとりごとにちかかった。

宮古島を発つ日。トミさんとその娘夫婦に見送られて搭乗口を入ったが、出発時刻が迫ってから呼び出された。宝貝の彼氏と元校長先生だった。先生がせかせかとスクラップブックを差し出し、黄色くなった切り抜きを指さした。私の古い本の書評記事であった。

宝貝氏は私と同じ七十一歳。先生はさらにいくつか年上のはず。もう一度会いたい、と、例の金属探知の関門をくぐりながら振り向いた。係員の若い女が「早くして下さい」と金切り声を上げた。

順不同

五、六年まえのことである。

同級生のひとりが脊椎をいためて、川崎市の大病院で手術をした。そのころ埼玉県狭山市に住んでいた私は、となり町にいる尚《ひさ》さんといっしょに見舞いにいく約束をした。

学校友だちのなかで、車を運転するのは足のわるい私だけだった。昔は体格のいい尚さんがよくカバンを持ってくれたが、いまは彼女を乗せてスーパーへ買い物に行ったりする。

方向音痴の私に、夫は車を彼女の家に置いて、病院へは電車で出かけるようにと言った。

「なぁに、ダンナが見てるわけじゃないし、内緒で遠乗りしようよ」

――尚さんはさっさと助手席に乗り込んだ。先生に隠れて映画を観に行く気分になった私は、トランクから関東地方の地図を出した。

すっかりくつろいでタバコを吸い始めた彼女は、要所要所で地図を確かめながら「こんどの信号で左折よ」などと言う。私はもはや専属運転手だった。

「ちょっとそこのスタンドへ入ってぇ」

「ガソリンなら満タンよ」

「いいからさ」

車を降りた尚さんは、背すじを伸ばし、笑顔をつくって若い店員に近づいた。

「あの子、とっても親切に教えてくれたわ」

――尚さんは、家へセールスマンがくると「わるいけど、私ここン家《ち》のお手つだいなんですの」と、カタログだけは頂戴してお引き取りねがうという、つわものなのだ。

無事に病院へ辿り着いた私たちは、個室でご主人とご子息、そして臨月のお嫁さんに囲まれたギプスベッドの中川さんを見舞った。


七月十日午後九時。尚さんが倒れたという電話をうけた。夕食の仕度中に、頭が痛いと言ったまま意識不明になり、救急車で運ばれたそうである。一時間ほど経って、絶望、と伝えられた。くも膜下出血だった。受話器をつかんだまま、私はただぼぉーっとしていた。

尚さんのお葬式で、同級生四人が顔を合わせた。しかし、霊柩車を見送った私たちは、さよならができなくなって駅ビルのレストランへ流れ込んだ。

「いちばんの元気者だったのにねぇ。〝あんたち、何やってンのよ〟って、そこいらへんから出てきそうだわ」

中川さんが泣き笑いをみせた。あのとき病院で世話をやいていた頑丈そうなご主人は、退院の日、彼女を迎えるべく庭でゴミを燃やしていて、そこへ倒れたまま亡くなってしまった。

「尚さんのご主人、関白さまだったわねぇ。これからが大変。とつぜんだと、残されたほうがなかなか立ち直れないものよ」

「中川さん、おたくとちがって、うちは長く患った末だったわ。でも、おンなじよォ」

と、五年前にご主人を亡くした和子さん。

そこへ、髪をボーイッシュにした千鶴子さんが小声で割り込んだ。

「アラ、人それぞれじゃないの。和子さん、あなたは以前よりずっといきいきしてるわよ。」

夫君健在の有閑夫人である。

「そうかしら？」

小首をかしげた和子さんの前で、私は誰にともなくつぶやいていた。

「私、ときどき狭心症の発作起こして尚さんに心配かけてた。私が死んだらお葬式やなんか面倒見てちょうだいねって言ってたの。彼女、胸叩いて〝まかせときィ〟って。それが私より先に逝くなんて、信じられない。」

「オノコォーッ」

和子さんが、低く呻くように叫んだ。

旧姓〝尾上〟の尚さんを、学生時代から私たちはそう呼び馴れていたのである。

窓外はすっかり暗くなり、テーブルの上の紅茶四つは手付かずのままだった。

仁科龍著『歎異抄入門』を読んで

この本は、著者の、朝日カルチャーセンターでの講義をもとにして書かれたものだという。七百年前に唯円が遺した『歎異抄』は、こうして、現代の日常生活に引き寄せて易しく語られると、古いどころではなく、私たちの心にいきいきと響いてくる。これは、もっとも新しい思想書ではないだろうか。

私は、鉛筆をにぎって傍線を引き、深くうなずいては紙片をはさんだ。しだいにシオリがふえて、本が部厚くふくらんでいった。

人間の生死《しょうじ》にかかわる一大事である。まなこを据えて読みすすまずにはいられない。毎日毎日、言うべきでないことを口にし、してはならないと分かっているのにやってしまい、思ってはいけないことを思ってしまう。果てしもなくそういう愚を繰り返しながら、私は七十歳を過ぎた。しかし、人間はそれしか生きようがないのだ、と著者は親鸞の心を伝えて説くのである。

ただ、現世利益《げんせりやく》の信心については、小気味よいほど手きびしい批判を加えている。これほど文明が発達し、人の心が醒め果てたかにみえる世の中に、なぜかそれは盛んである。供養をすれば、あるいは功徳を積めば難をのがれてしあわせになれる、というたぐいは、功徳を仲介にした、人と仏との取り引きだと切り込み、それらは思い込み信仰の迷心であると断定するのだ。先祖の霊が迷っているのではなくて、自身が迷っているのだ、と。

さらに言う。神話の世界では、神が人間を造った、とされた。とすれば、神はこの大自然の中に、じつに始末のわるい動物を造ったことになろう。それが神であるはずがない。

神々が人間を造ったのではなくて、人間が神々を造ったのだ。人間が、人間の身勝手な思惑から神々をつくり上げた。ありとあらゆる悪霊も怨霊も邪霊も、その祟りも罰も、みな人間が考え出したものにちがいない。なぜなら、それらを数え立て、それらに意味と名前をあてたのは人間だからだ。

そのあとで著者は、生あるもののすべてを区別差別なく浄土に迎えとろう、という祈り、願いが仏心の真実だと説きすすむ。

仏の救いは、学問の深浅、修業の可、不可に関係なく絶対に平等である。といわれて心明るむ思いになる。そして、おおらかに弥陀の本願を信じて念仏せよ、と結んでいるのだ。私には、その「本願を信じる」というひとことがむずかしく、どうしても素直に「ハイ」と言えない。

夜半にこの本に真向かい、達意の文章に惹き込まれて、傲慢にも、一語、一語、分かったような気になって夢中で読んだ。

〝人の言葉に振り回されることなく、ひとたび本願の声を聞いた者は、いっさいのはからいから解放されて、光の中を自在に歩く道しるべを得る〟と力づよく説かれている。かなしいことに、私はそのかんじんのところで金縛り《かなしば》りに遇ったようになる。文字のうえの意味は理解できるが、心の奥底は、とても、とても、とかぶりを振りつづけるのだ。

誰にも、かならず死ぬときがやってくる。だが、この私はまだあの世へ行ったことがないし、一度死んで生き返った人の体験も聞いたためしがない。

浄土は、ほんとうにあるのだろうか。

死ぬ、ということだけは確かだけれど、その先には、あるいは、何もなくて、死、そのものがすべての救いなのではないか。と、振り出しに舞い戻った私は、妄念のひしめくなかでまた同じ本にしがみつくのであった。

再会

戦争と敗戦後の混乱期をはさんで散りぢりになった田部《たべ》昶《あきら》さんと、四十数年ぶりに再会した。偶然、どちらも伊豆を余生の地ときめたからである。車で三十分の隣り町だった。

田部さんと私は、むかしむかし、合評会にはかならず特高刑事が臨席するという時代の同人雑誌仲間。夫人とは、これがまた、ふしぎに会う機会がなくて初対面であった。

彼が上等のウィスキーを提げてきた。夫とも古い知り合いなので、二人はさっそくグラスを合わせた。陽春のリビングルーム。「お、刺身が並んでるね。アンモニア臭い鮫《さめ》の頭を煮て、昼めし代りに君とつついたの思い出すなぁ。ありゃ、昭和二十一年だっけ？」夫が「うん、当時は大変なご馳走だったよな」

私と夫人は、どちらも夫を通じてきいていたせいか、たちまち話が弾んだ。

「あのころ、ご主人は恋女房のあなたを宝物みたいに隠してるんでしょうって噂してたのよ」と言うと、夫人が「じつはね、まだ正式に結婚してなかったからよ」と眼尻を皺めた。

エヘヘ、と笑いながら田部さんがグラスを持った。白髪の男二人は上機嫌でピッチを上げた。ボトルがほとんどカラになった。「もう帰る」と立ち上がった田部さんはよろけて倒れた。

私の車に乗せると、彼は夫人にもたれてうたた寝をはじめた。私のほかは誰も運転をしない。

田部さんの家は、宇佐美。国道から山寄りのほそい道へ入り、急坂をのぼった左手であった。男二人が車をおりた。夫が大きく手を振って「早く上って左へ曲がれッ」と叫んだ。田部さんはあかい顔をほころばせて立っていた。

傾斜がきつすぎて車があとずさりをした。サイドブレーキを引いて足のほうもしっかり踏んだが、ずるずると後退する。そのとき、後部座席の夫人が明るい声で言った。

「曲がらないで、まっすぐ進めば何とかUターンできそうな場所があるわ」

眼を剝いている夫を無視してアクセルを踏んだ。踏みかえる瞬間に大きくうしろへさがってヒヤリとした。坂の下は、藪か、崖か。大事故になる。私は無意識でサイドを引いた。夫人はふかぶかと腰をおろして微笑していた。「大丈夫よ。ホラ、前へやってごらんなさい」

彼女はいま、私と心中するかもしれない状況なのに、何という頼もしさか。私は、彼女の声に励まされて思いっきりアクセルを踏んだ。

やっと平地に辿りついて振り返ると、男二人は崖っぷちに背中を並べて立ち小便をしていた。私と夫人は言葉もなく顔を見合わせた。

指輪

私らしくない品だが、十年ほど前から小さなエメラルドの指輪をはめている。もちろん頂き物、しかも男性からである。ただし、他人ではない、といえば話の艶が失せるが、ながく外国暮らしをした身内のみやげだった。だが、サイズが誂《あつら》えたようにぴったり。緑色の石に魅せられた私は、年甲斐もなく浴槽の中でしみじみと眺めたりした。

その二、三年後に、車でいわき市へ行った。旧知を訪ねたあと、隣り町にあるかかりつけの病院で左手の腱鞘炎と眼の下の腫瘍の手術をうけることになっていた。

宿から旧知の家への途中だった。農道のカーブで、いきなり対向車線から軽トラックが飛び出してきた。夢中でハンドルにしがみついてブレーキを踏んだが、私の車は右側のライトもドアもこわれてガラスの破片が散乱した。

相手は見るからに実直そうな中年男。

「すンません。田んぼにイノシシが出るんでランプつけてやろうと思ってな。灯油の瓶が助手席で引っくり返ったもんで、いやはや……」

それを起こそうとしてアクセルを踏みちがえたというのである。昏《く》れかけていた。ハンドルを握りしめていた右手首が少し痛い。

平身低頭した男が、「俺は、この地区で交通安全協会の副会長してるっつうのにハァ、なじょしたらよかっぺ、まンず」と泣き声を出した。

旧知が、とりあえず近くの医院へ連れていってくれた。状況をきいた医師は、骨折か、ヒビくらいは当然と判断したらしい。右手にはめかえていた指輪を「早く外しなさい」とせき立ててレントゲン室へ案内した。しかし、異常はないと言う。「ふしぎですなぁ」と初老の医師がしきりに首をひねっていた。

翌日。予定通りに入院して手術をうけた私は、眼の下に大きなガーゼを貼られ、左手首はほうたいですっかり隠《かく》れていた。

夕方に、両手で紙包みを抱きかかえたイノシシの彼氏が病室へ入ってきた。

「うわァ、やっぱ大怪我だったんだ、申しわけねぇ。なんぼか痛かっぺ!」

手術直後の私は顔が動かしにくい。ようやく体を起こして、「ちがうんです。これは左手。事故とは関係なくて、病気なんです」と言ったが、彼の耳には入らない。「なんとも相すまんことで」とますます頭を低くするばかり。

困り果てた私は、右手の指輪をみせて、「これのおかげかもしれませんよ」と笑いながら言った。まだよくのみ込めないでいる彼の前で、私はふと、自分の冗談が真実のような気がしてきた。人間の心は何と頼りないものか。

後日。私はまたいわき市に用ができて出かけた。友だちの事務所で、ふとしたことから「指輪のクリーニングをしたらよかっぺ」という話になった。彼はインテリアデザイナー。すぐ下のフロアに貴金属商である彼の従兄がいる。ところが、指輪はいつのまにかひどくいびつになっていて肉に喰い込み、なかなか外せない。心配顔の友だちが従兄を呼んできたが、ついに指輪を切断して修繕することになった。まもなく、もとの真円になり、ピカピカに磨かれた指輪が戻ってきた。

居合わせた旧知が、「便利な世の中になったもんだなァ。けど、指輪ばっかり光ったって、その皺くちゃの手ではどうにも仕様なかっぺよ」とつぶやいた。三十年以上のつき合いだから、彼の低い声には確かな実感があった。

しかし、私はこっそり指輪の光に見惚れていた。どんなに古びても、女とはまことに始末のわるい生きものである。

幻のアダン林

私の沖縄通いは、もう十数年間続いている。はじめは、東京の学校で一緒だった友だちを探しに行ったのだが、いつか、重度の沖縄病にとりつかれてしまった。決して気負い立って訪ねたのではないが、喜屋武《きやん》岬から北端の辺戸《へど》岬まで、多くの村や町を歩いた。もちろん、数えきれないくらい歩き回ったのは、那覇《なは》から島尻《しまじり》（本島南部）一帯へかけての、かつて激戦地だったところだ。

この三月には、十年前に出した児童書の改訂版のために、アダン林を探しに出かけた。アダンは、つい先年まではどこでも見かけた、トゲトゲのある厚ぼったい葉っぱの亜熱帯植物である。しかし最近、ビルやマンションの建設ラッシュで街がすっかり変ってしまった。

こうして年々沖縄らしさを失っていくんだなぁ、と私はめでたく発展する街に向かって溜息をついた。

この調子だと、アダン林を見つけるのもむずかしそうだと、私は電話で旧知の大山一雄さんに相談した。厚生事業協会の会長である彼が、忙しいなかを同行してくれることになった。確か、去年電力会社の庭で見た覚えがあるから行ってみましょうと言う。

私の定宿、首里と那覇のあいだにあるホテルの前でタクシーを拾った。

「アダン葉ァですか。そんなとこまで行かんとないかなぁ。途中も、気ィつけてみますよ」

電力会社は、浦添市《うらそえ》の港川《みなとがわ》にある。年配の運転手は、ときに徐行してあたりを見回した。

「やっぱりないようですねぇ。あれは、トゲが痛いから嫌われもんかもしらん」

私の書いた童話のモデルは、一九四五年六月、激しい艦砲射撃のなかを母に連れられて本島南端のアダン林に逃げ込んだ。六歳の彼女は無傷だったが、母は首に破片を受けて即死した。

「いまどき、お客さんからいくさの話が出るのは珍しいさねぇ。あンとき、わしは十一さ。ひどい目に遇うてますよ」

車は、国道58号線を北上していた。四十七年前に地上戦でほとんど全滅した島とはとても信じられない、街路樹の美しい広い道路である。

「父親がねぇ」

運転手は、チラと後部座席を見た。私と大山さんは膝をのり出した。

「南部へ逃げる途中で、機銃ダマが父の左足の脛《すね》ンとこを貫通したんですよ。もうアメリカーが上陸して近くまできとったからね。痛いなんて騒げんでしょうが……。捕虜されたら非国民だ。父は着物の裾をビリーッと裂いてよ、それにアンダーマース（豚脂と塩を混ぜたもの）つけて自分でタマの抜けた穴に通しよった。布きれを細うくよじって、ズイコ、ズイコ、と何べんもな。黒い血が流れとった。なんぼ子どもでも、そンときの親の顔は見ておれんかった。しかし、消毒もできん、傷ぐすりも持たん。ほかに方法がないわけさねぇ」

当時、新聞記者として、戦場になった街を駆け巡り、かろうじて命拾いをした大山さんは、眼を閉じて「うん、うん」とうなずいていた。

父親は、生きて、いま八十四歳になるが、神経痛で苦しみ通し、ついに一昨年その足を切断したという。

「そこだ、そこを入って下さい」

痩身の大山さんがあわてて指をさした。電力会社の守衛が立っていた。

「アダンを見せてほしいんだが、この中へ入れて下さい」

「そんなもん、ありませんよォ」

「いや、あるはずだから、お願いします」

大山さんは相手に向けて強引なシッケイをしてみせた。

それは、庭園のいちばん奥の一角にあった。守衛氏は、アダンなどに関心がなくて知らなかったもののようである。

「これは鑑賞用に育てた種類ですな。イメージは同じだが、背丈が高すぎる」

大山さんはそう言いながらカメラを向けた。うっかり触ると葉のトゲが指に刺さった。

「お客さん、こっちのほうがうしろに邪魔な植木がなくてはっきり撮れますよォ」

車からおりてきた彼は、少し足を引いていた。これも戦争の傷か。いや、聞けるわけはない。

やがて、国道を外れた車は海（東シナ海）へ向かった。浜辺にならば自生のアダン林が残っているかもしれないというのだ。曲がりくねった道は、幅が狭いばかりではなく、深い水溜まりの連続で窓にしぶきが飛び跳ねた。ひどいアップダウンだ。

「あきらめるか」と大山さんが呟いた。

「すいませんね」

運転手はゆっくりバックしはじめた。片手でハンドルを握り、からだを斜めにした彼が大山さんに話しかけた。

「こないだ、ビルの建設現場から、頭にタマの止まっとる遺骨が出てきたって話がありましたよねぇ」

「――」

「わしら、親類やら近所の人らと南へ南へ逃げたんですよ。やっと見つけたカヤブキの家だったが、床板はタキギにされたのかのうなっとった。ドンパチのやみまに、そこでムクジプットルー作って食べようってことになったのさ。腹がへって、どうもこうもならん。そンとき弾の破片が飛んできて、あんた……」

言葉が跡切れた。車はようやく国道へ出た。彼はハンドルにしがみついて後続車をやりすごした。ムクジプットルーとは、自家製のさつま芋の澱粉を水で溶いて油で焼いたもの。誰かがタマ除けにかぶっていた鍋を使った。

「九つになる男の子に当ってしもうた。わしの眼の前で、ユウナの葉っぱにのせた、ふわふわの温かいプットルー持っとる手の、肘《ひじ》から先が吹っ飛んだのさ。あ、も言うヒマなかった。やっと口へ入れるもんにありついたいうのに食べられもせんで、腕ごとタマに持っていかれてよ」

その子は、二日後に破傷風になって死んだ。破片は、そばにいた姉の肩をもかすめた。傷は小さかったが、たちまちウジがわいて、やはり破傷風で絶命した。

「姉のほうは、わしと同級生やったけど、とびきり可愛らしい子でなぁ。いや、こんな話はうちチン中でもできんさねぇ」

かすかに声を立てて笑った彼は、ややスピードを上げて車の流れにのった。

「腹もすいとるが、何より水が欲しかった」

と、彼は前方をにらんだまま言った。

「あれは、伊敷《いしき》部落におるときじゃった。何しろタマに追われておンなじところグルグル逃げ回っとるようなもんだからね。ドンパチがやんだ。それッ、と田んぼへ水汲みに走ったんさ。水が少ないから、わしと近所のおばさんと二人で手掘りしてすくった。バケツに木っきれ通して担ぎ上げたと思うたら、ガタンとかしがった。うしろの、あんた、おばさんの首がのうなっとったのよ。ありゃァ、アメリカーに狙い撃ちされたんさねぇ。バケツ放り出したわしは、泣きもできん、声も上げきらん。マブイー（魂）落としたんさねぇ。

いや、アダン林もよう探しきらんと自分のことなんかしゃべってしもうてからに。ふだんは思い出さんようにしとるけど、それでも、あのいくさは死ぬまでついてまわるさねぇ」

外はまだ明るかった。対向車線には、アメリカ軍の大型ジープや高級乗用車が目立った。

一九九二年三月二日、那覇市近辺を走るタクシーでの話である。

死者の声

一九九二年、三月初めのある夜。私は那覇市寄宮《なはしよせみや》の知人宅を訪ねた。タンカンというおいしいみかんを食べながら、夫人と取りとめもない話をしていて、だいぶ更《ふ》けたころであった。「こないだ、親類で、八十も余るおじいさんが亡くなったんだけど、私は涙より先に、羨ましいと思ってしもうたさ。何というても、天寿を全うできた人はしあわせでないか、とね」

彼女の父は、一九四五（昭和二十）年六月、沖縄の地上戦にまき込まれて行方不明になったままなのだ。

「いまでも、地面掘ってる工事現場から、人の骨がいくつも固まって出たりするのよね。そんなとき、ひょっとしたら父のもあるんでないかねぇって、とてもじっとしてはいられなくなる。五十年ちかくも経っては、もう誰の骨かなんて分かるわけもないけどさ。それでも、校長だった人だから、何か学校のシルシのあるものとか、時計や万年筆なんかを身につけとったかしれないと思うと、どうしても確かめに行きたくなってしまうのよ」

激しい艦砲射撃で腰をえぐり取られた彼女の父を、南部のガマ（自然洞窟）で見た人がある、という噂はきいている。しかし、それがどこかは、はっきりしない。戦後、母と二人で多くのガマを探しあるいた夫人は、埋没しそうなガマの入り口で人骨の数といわれる四十九個の小石を拾い集めてきた。石を父として祀り、とうにウワイスーコー（三十三回忌）もすませた。

「父の霊は、もうあの世から私たちを見守っていてくれるはずなのよ。そしてね、私はこのトシになって、やっと、早いと遅いのちがいはあってても人はかならず死ぬんだってことを、父に教えられているような気がしてきた。でも、ダメ。私の本心は、むごい傷《きず》うけて手当てもできず、飢えてガマに残された父の呻き声が耳についてやりきれんのさ。八十の人は、こんないい時代まで生きて、子も孫も見られたけど、私の父は、若くて元気に教師しとったのに、いくさ場になった島の、どこで、いつ死んだかさえ分からん。骨のひとかけらも拾えんとからに……。いっそ捕虜されとったら、と考えたりするさねぇ」

親類では、この夏はおじいさんの新盆《にいぼん》で門中《もんちゅう》（一族）が集まって賑やかだ、と夫人は言う。沖縄のお盆はねぇ、と、彼女は何かを振り払うように口調を改めた。いつもの明るい笑顔だった。

幼馴染

テレビニュースが、大阪の道路陥没事故を報じていた。周辺が広く冠水しているという。その町名が、むかし私が四歳のとき大震災に遇い、東京から移り、十数年住んだ場所なのでびっくりした。いまでも友だちがいるのだ。

受話器の向こうから、「ここは離れてるよってに大丈夫だす。それより、いまどこにいやはりますのン？　大阪やったら今夜きて泊まっとォくなはれ」と奥さんの元気な声。

「伊東からです。鉄ちゃんはお達者ですか」

「それがあんた、脳梗塞患うて四十日も入院しましてなぁ。そンでも、おかげさんで自分の用が足せるまでに快《よ》うなりました。こないだも、おうちの噂してたとこだす。悦ちゃんが幼稚園のときに手ェ引いて連れて帰ったことあるねんで、てな。おとうさん、またおンなじ話繰り返したはる、て笑うてましてん」

私もよく覚えている。幼稚園は彼の記憶ちがいで、小学二年生だった。唱歌のコンクールで中之島公会堂へ行ったのである。家は野田阪神から近い。舞台で〝十五夜お月さん〟を歌ったのは確かだが、どうして鉄ちゃんと二人だけあとに残ったものか忘れてしまった。一級年上の鉄ちゃんは、丸顔で背が高い。足のわるい私は、首がほそ長くて折れそうだ、といわれるくらい痩せていた。

よほど不安だったのであろう。私は電車に乗ってからも彼の手を離さなかった。しかし、責任感からか、鉄ちゃんはとりつくシマもない仏頂面で正面をにらんでいた。郊外電車の窓に夕陽が射し込んでひどくまぶしかった。

しだいに小児マヒの後遺症が悪化した私は、小学五年生には片松葉杖をつくようになった。そのころ、鉄ちゃんはよく道端でボール遊びをした。ある日。その、飛び跳ねている姿が羨しくて物蔭から眺めていた。彼は、ボールを投げながら鼻唄をうたった。「紅屋の娘のいうことにゃ、サノいうことにゃ……」という流行歌だった。私は聞き覚えた軽快な歌を家で得々と披露して父にひどく叱られた。

女学校三年を終えた私は東京へ転校した。鉄ちゃんのお母さんが「あんな弱い子をひとりで手離したりしたら死んでしまいまっせ」と心配してくれたそうである。その後、親も東京へ移り、戦争をはさんで音信が跡絶えた。

大阪万博のとき、私はふっと鉄ちゃんを訪ねる気になった。シャキッとした明るい奥さんとは、初対面なのにたちまち意気投合した。

数年前にも関西へ行ったが、時間がないので鉄ちゃんに電話をかけた。「大阪弁忘れたらあかんがな」と、彼は私の言葉を本気で咎めた。鉄ちゃんは、同じ家にもう七十年以上住んでいるのである。まるでジプシーのように転々とした私は、ついに縁もゆかりもない伊東へきたが、どうやらここが終点になりそうだ。

「野田阪神はまるきり変わってしもたさかい、こんど来やはるときは知らしておくなはれや。迎えに行きますよってにな」と奥さん。

「ちかいうちに京都へ行くつもりだから、寄せてもらいます。死んだとき、骨を東大谷に納めてもらいたい思うてお願いに行くんです」

つられて関西訛りになったり、きつい東京弁に戻ったり、私の言葉はごちゃまぜだ。

「へえー、それは、それは。わたしも親の代からお東さんのご廟《びょう》ですねん。ほなら、あっちゃへ行ってからもせいだい仲ようしまひょいな」

事故の見舞いが、いつか死後のつき合いにまで発展した。電話器の近くにいるらしい鉄ちゃんが、何やら口をはさみたがっている気配が伝わってきた。

激戦地だった村

私の書いた、沖縄戦に遇った子どもの話のモデルが、那覇市首里《なはししゅり》に住んでいる。五十歳をすぎたいまも、童顔で美しい人である。

六月に、私はその大田弘子さんの車で沖縄本島南部へ連れていってもらった。大里村稲嶺《おおさとそんいなみね》という所に会いたい人がいるのだ。私が嫁姉さんと呼んでいるその人は、やはり地上戦で一度に家族四人を亡くしていた。

弘子さんは、運転席の窓に大判のハンカチをはさんで強い陽ざしを防いだ。

「このへんですかねぇ？」

つらい思い出のせいか、彼女はかつての激戦地へはきたことがないと言った。私は、もう数えきれないほど訪ねた家なのだが、恥ずかしいことにすっかり迷ってしまった。

車をおりて、そこにいた老女に頭を下げた。

「新垣《しんがき》さんのおうちを教えて下さい」

「うちも新垣。ここらはみぃーんな新垣さ」

「あ、あの、屋号は確か、ふく、ふく……。ご主人がぜんそくで入院してらした」

「ふくじぐゎはな、いっぺんバス通りへ出て、あっちの道をさがったほうがいいさァね」

玄関があいていた。気がゆるんだ私は、どたりッと上がりがまちに座り込んだ。

「ひゃァ、ようきたねぇ！」

嫁姉さんが飛びついてきた。私は、まるで自分の家へ着いたように大きく息をついだ。

去年もおととしも、私は沖縄へくるたびに、ここが実家のノブ子さんのご主人の車でかならず訪ねていたのだ。そのノブ子さんが、ひどい不眠症にかかり、「艦砲の音がきこえる、血のにおいがする」とおびえるようになって、とうとう亡くなってしまった。十四歳のときに逃げ歩いた地上戦の恐怖が、六十歳にちかくなってからまざまざと甦ったのであった。

弘子さんは遠慮して赤い車に戻っていた。

「早う、早う、家ン中へ入ってェ」

嫁姉さんがおろおろと外へ向かって手招きをした。額に汗がふき出ていた。

「ぜんそくさんは？」

「奥で寝てるよ」

「大丈夫？」

嫁姉さんは、私に深くこっくりをしてみせた。やがて、冷たいサンピン茶をよばれているうちに、嫁姉さんと弘子さんが話し始めた。

「ワッタァ（私）かぞえの十八だったもんね」

地上戦当時のことだ。弘子さんは六歳。

「母に手ェ引っぱられてこのあたりを逃げ回ってたんですよねぇ。アダン林で母の頭にタマが当たった。あれは六月の何日だったかしら」

「ワッタァのおばぁもおかぁも妹らも四人いっぺんにやられてしもうた。六月十九日さ」

四十七年前の体験が、初対面の二人の膝をぐッと近づけた。話し声で眼を醒ましたか、ご主人が起きてきた。少しやつれてはいたが、発作の気配はなかった。彼は私に人なつっこい眼を向けた。

「今夜は泊まっていけばいいさ。いまごろいくさの話したって誰もまじめになんか聞いてくれん。若いもんがおらんようになって部屋があいとるからね。泊まっていきなさい」

私がこの家へきはじめてから十五年になる。ノブ子さんの元気なじぶんに、嫁姉さんと二人で埼玉にいた私の家へきて、狭い廊下でカチャーシーを踊ったことがあった。

「あんたもワッタァも一家全滅。あのいくさは、実際に遇うたもんでないと分かりきらんさ」

そう言うと、嫁姉さんは弘子さんの肩を叩いて立った。「ソーメンチャンプルーを作るねぇ」と台所から声がした。

方言と母村

私が北海道の花咲港《はなさきみなと》へひんぱんにかよったのは、十年ちかく前であった。漁村の女の暮らしを書きたいと思ったのである。

四年ほどのあいだに、多くの人たちから話を聞かせてもらった。そして、いまでも付き合っている人が幾人もいる。

高野好彦さんも、そのうちのひとりである。健康で、しなやかな長身の彼ももう五十代に入ったが、ことしもそろそろ東京方面へ出稼ぎにやってくるはずだった。上京すると、かならず泊まりがけで伊東の私の家へきてくれるのだ。

出会いのきっかけは、彼のお母さんが浜で花咲ガニを売る名物女だときいて訪ねたことであった。港を見下ろす坂道に沿って、十戸ばかり、ひっそりと建っているなかの一軒だった。そのとき仕事でもあったのか、高野さんはそそくさと席を外した。

お母さんは、季節になると浜に小屋掛けをしてカニを売ったものだと、彼女の写真が載っている古い雑誌を見せた。いまはもう、トシをとって商売ができなくなったという。

彼女の言葉は、北海道の訛《なま》りとどこかちがっていた。しかし、私には聞き覚えがあった。方言そのものではないが、アクセントが、むかし私が疎開していた地方独特のひびきなのだ。

「あの、おかあさんは、もしかしたら越後《えちご》のお生まれではないでしょうか」

「はいいね、そいがだっちゃ」

眼をまるくした彼女は、とたんに生粋《きっすい》の方言になった。

「まちがったらごめんなさい。西頸城《にしくびき》のような気がするんですけどね」

「そいが。おら、小泊《こどまり》ってとこだぜね」

「えッ、じゃ、糸魚川《いといがわ》からじきの、あの小泊ですか」

「よう知っとンなァるねか」

そこは、私の母の生まれた在所に近いばかりか、従姉の夫の実家がある村だった。戦時中の疎開生活を思い出した私は、自然に方言で相槌を打っていた。当時は必要に迫られて覚えた言葉だが、いつか身についていたのだ。

根室《ねむろ》市花咲は、ノサップ岬に近い、日本最東端の港町。そして、私たちがそこで話しているのは、遠い北陸地方の方言であった。

彼女の家では、十六トンの漁船を持っていたそうである。オヒョウの大漁で浜が賑わった、一九六九（昭和四十四）年八月。二人の息子と近所の若い漁師が漁に出て、つい目と鼻の先、港が見えるくらいのところまできて遭難してしまった。魔の三角海域といわれている難所だった。しかし、彼女の口調はけっして湿っぽくはなかった。

「なァに、末息子の好彦がようしてくれるそいにねぇ」

惨事も、故郷も、忘れたというのだろうか。

旅から戻った私は、さっそく新潟にいる従姉に電話をかけた。

「北海道の花咲ってとこ分かるかしら。小泊から移ってった人に会ったのよ」

「花咲ィ？　さあ、知らんわいね。そのこたァ、昔、おら、とうさんの伯父さんて人が北海道へ渡ったって話は聞いとるけど、確か、静内《しずない》って言ったぜねえ」

受話器をかけ直した私は、いそいで花咲の高野さんを呼び出した。

「いとこの主人に北海道へ行った伯父さんがいるけど、花咲ではなくて、静内だっていうのよ」

「俺は、その静内で生まれたんだァ。あとォになって花咲へきたってわけだべさ」

「じゃ、やっぱりそうなのね」

私はすっかり興奮していた。よくきいてみると、彼のお母さんの旧姓は、私の従姉の夫と同じであった。むらうち、どころか、正真正銘のいとこ同士ではないか。高野さんと従姉の息子とはハトコになる。

だが、従姉もその夫も、せき込んで何度も長距離電話をかける私に、やや醒めた受け答えをした。ずっと昔に北海道へ渡った伯父一家の消息をまったく知らない、というのである。どちらに、どういう事情があったかは分からないが、音信不通のままらしい。

血縁でもないのに、その後高野さんと私はなぜか親類付き合いのようになった。持ち船と兄二人を失った、ただひとりの稼ぎ手である彼は骨身惜しまず働いた。主に土木の仕事だから、危険な作業もある。器用でお人好しの彼は、他人の分まで引き受けて怪我をすることさえあった。

彼の奥さんは青森県三戸《さんのへ》の人である。根室の缶詰工場で働いていて高野さんと結婚した。小柄で器量よしの彼女もたいへんな働き者で、子どもが成人したいまもやはり魚の加工場へかよっている。

漁業の町は、二百カイリの規制で漁場を狭くされて、減船、休漁がつづき、人口が減った。鱈《たら》漁も鮭鱒《けいそん》もむずかしくなり、ことしはイカの流し網漁が全面禁止というニュースもある。

年明け早々の電話で、高野さんから、つらい話をきいた。あの、鮮やかなオレンジ色の中部船《ちゅうぶせん》がどんどん解体されて、上架場《じょうかば》（船を陸揚げする所）にはあと十隻とは残っていないというのだ。私が何度も見た、八十隻ほどの鮭鱒流し網漁船のにぎやかな出漁は、もう幻の光景になってしまった。ことしは出稼ぎも多いようである。

北方領土が還ってきたときのために、根室にヘリポートをつくるとか、野付《のつけ》半島からクナシリへ橋を架ける、などの噂もあると言った。

ともかく、私は彼に会える日を待っている。いろんな話を聞けるのもたのしみだが、何よりも、彼はオホーツクの潮の香りを運んでくる客だった。そして、かすかだが、そこには北陸の海の香りもまじっているのである。

コタンの一夜

北海道の屈斜路《くっしゃろ》コタンで、女五人が夜中の露天風呂に入った。観光用ではない。町の人が石を積んで作ったのだという。一応、男湯と女湯に分けて十人くらいずつは入れる広さだが、あいだにほそい通路があけてある。

月夜だった。私と笑子さんはその日に女満別《めまんべつ》空港から直行した。桂子さんとノリ子さんはコタンの住人。もうひとり、夕方に根室《ねむろ》の花咲港《はなさきみなと》から私に会いにきてくれた時子さん。

懐中電灯の明かりで、片隅のスノコらしきものの上へパジャマを脱いだ。そこは、今夜泊めてもらう桂子さんの家から一、二分である。

湯加減は上々。あたりは森閑として、目の前の屈斜路湖に星がうつっていた。闇の中に、向こう岸の藻琴山《もことやま》へ上る車のライトが光る。

「もっと寒くなったら白鳥もくるのよ。でも、鳥と混浴だと羽虫が不潔だっていわれてね」

旅の前に風邪をこじらせた私は、注射で悪寒を抑えていた。しかし、先刻のヒシノミの煎じ汁が効いたか、澄んだ空気のせいか、風邪はどこかへ消し飛んでしまった。

足元の石がヌルヌルしたが、這うように移動した。女ばかりの気安さと暗闇をいいことに、私は厚かましく仕切りを抜けて男湯へすすんだ。石囲いのあいだから湯が噴き出ていた。そっと指を当てるとヤケドしそうに熱かった。誰かが「極楽ねえ」とつぶやいた。

桂子さんのご主人は入院中。ノリ子さんのご主人は通年出稼ぎ。四十代の二人は同じ民芸店で働いていた。時子さんは忙しい食堂のママさん。じつは、私たちは空港へ迎えにきてくれた桂子さんとも初対面であった。民俗学を研究している笑子さんが、以前に桂子さんのご主人と話したことがあるというだけのご縁なのだ。時子さんも、私のほかは初めての顔ぶれだった。

桂子さんの家での夕食は、時子さん持参の花咲《はなさき》ガニやイカの刺身、獲れたての鮭やイクラ、それに軟らかい大根の味噌汁。全員満腹で露天風呂へ繰り出したのだが、身も心も温まった私たちは、帰ってもまたテーブルを囲んでしまった。私がいちばんの年長《としかさ》。桂子さんより少し年上の笑子さんも、借り物のピンクのパジャマで華やいでいた。

台所につづいた居間なのに、いつのまにゆでたか、桂子さんが大皿にアツアツのトウモロコシを山盛りにして出した。

「こんな晩はフクロウが啼きそうな気がする」

ふと顔を上げたノリ子さんが低い声で言った。何となく、みんなが耳をそば立てた。

「カムイ（熊）が山から下りてきたよ、と知らせてくれるんです。フクロウの声を聞き分けた年寄りが、〝つぎの声が聞こえるまで外へ出ちゃいけない〟と言います。熊が水や餌をさがしに出るのは夜なんです。そンとき、人間が出っくわして鉄砲向けたりすれば、そりゃ襲いかかってきますよ。熊は人間を追っかけたりはしない。人間はクサイから嫌いなんだそうです。熊が歩き回るときは、人間は家の中でおとなしくしてる。お互いにゆずり合って生きればいいんだって、母が教えてくれました」

「シマフクロウ（カムイチカップ）はアイヌの神さまだもの。ハネ一本でもみつけたら、大事にして祭壇にまつるのよ」

桂子さんが、そう言いながらこんどは湯気の立つカボチャをふるまった。手品のような早業である。そして、時子さんに、「あした、夜明けに山へキノコ採りに行きましょうよ」と笑顔を向けた。

ストーブの上の土びんから薬湯のにおいが漂っていた。

テエゲエ精神

私は、沖縄の方言でいう「テエゲエ」が好きである。ヤマトンチュ（本土の人）にうっかりそう言うと〝不真面目なッ〟と叱られるが、語意の微妙なちがいを説明するのがむずかしい。

それは、いい加減でもチャランポランでもない。もう、ほとんど絶望的な場面にぶつかったとしても、ギリギリ責め立てたり、しつこく怨んだりはしない。かといって、けっして諦めるわけではなく、そこで見事にひらき直ってしたたかに生きてみせるのだ。つらい話の最中に、ふっとユーモアの抜け穴をつくるゆとりをもっているのも、その一面ではないだろうか。

人生には、どんなにあがいてもなるようにしかならない部分がある。世替わりごとに押し寄せてきた大きな力を鵜呑《うの》みにはしないで、うまくウチナンチュ（沖縄の人）として消化吸収してきた。確かに、日常生活にはルーズなところがないとはいえない。しかし、あとで考えると、それはべつに目くじらを立てるほどのことではなくて、いつかちゃんと帳尻が合っている場合が多い。

私はもう何度沖縄へ行ったか、かぞえられなくなった。一九五九年に、私の作品を読んだという山城永盛さんが訪ねてきてくれたのがきっかけである。沖縄からの旅に出国証明書が要る時代だった。初対面の彼に、私は一九三五年ごろ沖縄から東京の学校へきていた同級生をさがしてほしい、と無理頼みをした。

二十年ちかく苦労をかけたがみつからなかった。すでに福祉事業に没頭していた彼から、一度沖縄へきてみないか、と言ってきた。一九七八年。ちょうど戦没者のウワイスーコー（三十三回忌）に当る年に、私は初めて那覇空港へおりた。

彼の案内で浦添市の特別養護老人ホームに泊めてもらった私は、ごく自然に地上戦の体験を聞くことになった。一緒にフーチバージューシー（よもぎ入り雑炊）を食べ、おむつをたたみながらの話だが、ショックで、とても眠るどころではない五日間であった。

それからの私は、何とか都合をつけては沖縄へかよった。家へ帰っても落ちつけず、十日後にまた飛んだこともある。夢中でつてからつてを辿り、どれだけの人に会ったか、覚えていない。やがて、胸の底に溜まりすぎた話を文字にしたいと思うようになった。十五年のあいだに、児童書と合わせて三冊書くには書いたけれど、沖縄への旅はまだまだこれからだという気がしている。

ことし（一九九二年）も二度行ったが、一夜、那覇で旧友の上原直彦さんと明け方まで話し込んだ。五十歳の彼はバリバリのジャーナリストである。

まず、私が最初の本に挿入した〝ぬちどぅたから〟という尚泰王の言葉が槍玉に上がった。

「あれは僕らウチナンチュが心の中で自分につぶやく言葉であって、最近のように反戦平和の旗じるしにするもんじゃない。人間、一番大事なのはイノチだなんて、これは世界共通、分かりきったこと。ナギクナヨ、シンカ。一八七九（明治十二）年の琉球処分強行で尚泰王が東京移住のとき、もう穏やかな時代がきたんだから、これ以上王家のためにゲリラ戦なんかやってムダ死にするんじゃないよ、命こそ宝だ、とね。テエゲエ精神さ」

酒豪の彼は、酔うほどに口調が辛辣になる。

「ところでねえ、沖縄は小さいなんて思ってるんじゃないだろうな。ここはただ、陸地より海のほうが広いだけなのさ。本土は適当な島ぐにでしかないから、家のまわりを高い塀で囲ったり、金持は庭に池を作ったりする。ナニ、そんなのは小さい、小さい。おれンちは、家こそ小さいけど、池じゃなくて太平洋つくった。鯉を飼わないでクジラ泳がせた。あれらみんな僕のもの。あれ獲って食おうなんて思わない。泳がせてあるんだ。こう考えると、沖縄は絶対小さくない。本土は山ぐにだから山の信仰が生まれる。山は、行けば突き当たるし、登ったら下りなきゃいかん。海は、行けども行けども海だ。だから、ウチナンチュは心が広い。少々のことでは動じない。テエゲエ精神で切り抜ける」

彼はそこでぐッと眼を据えた。

「サンシンもさ、郷愁とか淋しさを紛らすために弾くんならやめなさい、と言いたい。それを弾いて、おとっつぁん、おっかさんと涙流したらどうしようもなくなる。きついなぁと思ったときにサンシンを弾いてさ、よし、あしたもやるゾ、という気分になるならいい」

そうか、と私はまた自分の甘さを痛感した。

「日本列島ここが真ン中、と思ってる僕は、精神文化としては独立してるつもり。なんで沖縄が真ン中か、と言うんなら、あなたのいる所も真ン中にすればいい。みんな自分のいる所が真ン中だと考えると、おれのほうがいい、なんてこと言わなくなって、もう少し楽しくなるんじゃないかなぁ」

彼はあぐらの膝を叩き「ああ、また大ボラ吹いちゃった」と高笑いしてグラスを持った。私はこの若いボーイフレンドと話していると勇気がわいてくる。こういう逞しいテエゲエ精神とつき合っているかぎり、少なくとも死にたい病にはとりつかれない。トシも、故障の多いからだも忘れて奮い立つのである。

元フランス人形

同級生のトミちゃんが、沖縄県宮古島《みやこじま》から遊びにきてくれた。長旅の彼女を自分の車で伊東駅へ迎えに行った私は、改札口から出てきた姿におどろいた。ひどくつらそうに腰をかがめているのだ。

「悦子さん、あなたは昔から弱味噌だからお医者と仲良しでしょう。このまま、先に病院へ連れてってよ。痛くて、もう歩けない」

日曜日である。とにかく、いったん家へ戻り、市の広報紙で当番医をさがした。さいわい、熱海に近い町に整形外科医がみつかった。

うす暗い待合室で、彼女は神妙に腰をさすっていた。よほど痛いらしい。

やがて、看護婦が出てきて「おばあちゃん、どうぞ」と優しく手招きをした。とっさに彼女は私を振り返り「むッ」とした表情をみせ、腰をくの字に曲げて診察室へ向かった。心配になった私も付いて入ると、中年の医師が彼女の臀部に注射をした。

宮古島の醸造家に生まれてのびのびと育ったトミちゃんは、人一倍勝気で自尊心がつよかった。中高の彫りの深い顔、小柄で均整のとれた体。東京での学生時代には、みんなから〝フランス人形〟といわれる人気者だった。男子禁制である寄宿舎生活の彼女に、何度もボーイフレンドの噂が立った。

この十数年来仕事で沖縄へ行く機会の多い私は、そのたびに宮古島へ足をのばして、トミちゃんと石垣島や西表島《いりおもてじま》などへの遠足をした。会えば、とたんに袴をはいていた娘のころに戻ってはしゃぐからいい気なものである。

「悦子さん、私にはちゃんとした下地《しもじ》トミという名前があるのにさ、おばあちゃん、なんて、失礼な看護婦さんねッ。あ、イタタ」

やっと腰をおろしてくすりを待つあいだ、彼女は痛みと怒りで眉をしかめ通した。

「まあ、まあ、そう言いなさんな。確かに失礼よね。でも、考えてみりゃ、私たちは七十をすぎたのよ。おばあさんにはちがいないわ」

「私をそう呼べるのは孫だけのはずよォ」

卒業してから五十年も経っているのだ。お互いに、戦中、戦後を夢中で生きてきて、気がついたら皺だらけの老女というわけである。

医院からの帰途、海沿いの景観をたのしむゆとりもなく、助手席の彼女は車酔いで蒼ざめていた。

「ねえ、悦子さん、なんだかんだ言っても、人間、トシには勝てんさね、アハハ」

乾いた声で笑ってはいるが、元フランス人形の眼は珍しく潤んでいた。

不意の声

昨年（一九九三年）十一月、十歳もちがう末の弟が急死した。嫁からの知らせで通夜に駆けつけたとき、風呂上がりに飲むはずだったというビールが、ポツンと一本冷蔵庫に残されていた。弟は浴槽に体を沈めたとたんに心不全を起こしたようで、水も飲んではいなかった。六十三歳の誕生日直前の死であった。

その数日まえに、私は弟との電話で長ばなしをしていた。平凡なサラリーマンだった彼は、なぜか若いじぶんから『阿弥陀経《あみだきょう》』だけを見事に暗誦していた。母のうしろで自然に覚えたものであろうか。声もよく、抑揚も、といっていいかどうか分からないが、母の通夜にご住職が舌を巻かれたくらいなのだ。

電話で、「私が死んだときは、おまえさんの『阿弥陀経』をたのむわね」と言った。彼は、かるく笑って快諾《かいだく》したのである。中の弟は、長患いののちに一昨年亡くなっていた。

通夜の席で、額ぶちに納まった弟の写真を眺めていた私は、灯明のゆらぎのなかでふと

「神武《じんむ》、綏靖《すいぜい》、安寧《あんねい》、懿徳《いとく》、孝昭《こうしょう》、孝安《こうあん》……」と声に出そうになった。弟が小学四年生くらいのころに、私たちは二人でよく、歴代天皇の称号をひと息で何代までつづけて言えるかを競い合った。彼は肺活量が多かったのか、三十三代推古《すいこ》天皇までは楽に言ってのけた。私はたいてい「允恭《いんぎょう》、安康《あんこう》」と二十代前後で苦しくなり、だらしなく降参した。

弟は「ヨーイ・ドン」で「神武、綏靖」と始めた。片松葉杖の娘だった私には、それもひそかな楽しみのひとつであった。学校で体操の時間といえばいつもしょんぼり見学していたので「ヨーイ・ドン」には縁がなかった。弟との妙な遊びでのそれは、まるで運動選手にでもなったように私の心を浮き立たせた。弟が頬を真っ赤にし、ぎょろ眼を剝いて「崇峻《すしゅん》、推古」と声を絞り出して大息を吸うと「アッハッハー」と笑いころげる。負けた私も思いっきり笑えるひとときであった。「やーい、また僕の勝ちだぁ」と得意がる弟と肩を抱き合ってはしゃいだものである。

弟が、どういうつもりで「ヨーイ・ドン」と言ったのか、いまはもう聞くすべもない。最近とくに物忘れがひどくなった私なのに、とつぜん五十年以上も昔のたわいもない言葉遊びが、すらすらと口を突いて出たのもふしぎだ。弟の写真を見上げた私は、とどめようもなく涙がこぼれ落ちた。

嫁が、「こんなに早く逝かれるなら、もっとやさしくしてあげればよかった」と泣いた。私も姉らしいことを何ひとつしてやれなかった悔いがある。しかし、それは際限のない話であろう。みんな精いっぱい生きてきたのだ。

葬儀のあと、甥が車で駅まで送ってくれた。弟と同様、律気すぎる運転ぶりだった。万事融通の利かない男、といわれたカタブツの遺伝にちがいない。私はそっと眼尻を拭いた。いちばん年上で、きょうだいの誰よりも体の弱かった私が残ってしまった。墓まいりをしても、位牌に手を合わせても、弟にはもはや何事も届きはしない。

それからまもないある夜。ひとりぼんやりと机の前に座っていた私に、思いがけない声がきこえてきた。

「姉さんも、ホラ、ゴールだよ」

ヨーイ・ドンではなくて、ゴールだとささやくのだ。弟の声に、私は深くうなずいた。分かっているつもりだった。だが、とっさにうろたえた私は、耳元の声を払いのけ「神武、綏靖、安寧……」と息もつかずにつづけていた。

食卓風景

共に暮らして半世紀ちかくになる私たちは、いま、台所の古いテーブルを囲んで二人きりの食事をしている。窓から銀色の三日月が見える夜は、それが何よりのおかずであった。夫はよく、「きゅうりもトマトも昔の味がしなくなった」と嘆くが、それらの美しい色に誘われてどうにか箸を動かすことも多い。胃袋が縮んだものか、味覚が衰えたのか、七十を過ぎてから二人ともめっきり少食になった。

「せっかく作ったんだから、ほうれん草のおひたしも食べて頂戴。ゴマも体にいいそうよ」

「いや、もう腹のほうが言うことをきかない。明日の朝食べるからしまっといてくれ」

好物の刺身を一皿平げた夫は、冷や奴ときゅうり揉みを、〝義理が悪いからな〟という顔で口へ運んだ。茶わんに軽く一杯のやわらか飯で、もう果物一つ入る余地がないと言う。私も、煮豆の残りを片付けようと冷蔵庫から出すと、少し傷み始めていた。たった一合《いちごう》煮た金時豆を数日かけても食べきれなかったのか、と情けない。

買い物は、たいてい夫を助手席に乗せて車で近くのスーパーへ出かけている。昨年肺気腫を患った夫は、酒と縁が切れたせいか、飴玉やせんべいの売り場も覗くようになった。そして家へ着くと、「ああ、また買い過ぎた」と言いながら重い袋を持ち込むのだった。

大根は半分でよかった、人参も一本で足りるのに、と思うが、店頭で必要量を買うのは極めてむずかしい。すべての品がパックされ、幾重にも包装されていて、そのままカゴに入れるよりないのである。同じ物を二パック重ねてしばり、〝格安品〟だと積んであったりもするが、私たちには手が出せない。経済大国に生きる老人の悲哀というべきか。

「このかぼちゃ、あとひと切れずつで終わるから頑張って食べてね。明日まで保《も》たないわ」

私は小鉢を夫の前へ押しやった。

若いころ、夫は呑ン兵衛で食欲も人一倍旺盛だった。乳飲み児を抱えた私と二人、いつも小鍋の雑炊を恨めしい思いで半分ずつ食べた。夫の帰りが遅い夜は、手を付けたら最後半分残す自信がないので、絶対に鍋のフタを取らずに我慢して待った。米の配給は滅多になく、代替食糧のさつまいもやトウモロコシの粉なども遅配・欠配の連続だった。敗戦直後の、厳しい食糧難の時代である。

たまに質屋で工面したカネで闇米一升を買うと、さて、どんなふうにして食い伸ばそうかと真剣に考えた。さつまいもの蔓や葉っぱ、大根葉、うろ抜き人参などを刻み込み岩塩で味を付けて雑炊にした。燃料もないので、ボロボロのニクロム線をつないだ四〇〇ワットの電熱器で煮るのだが、停電が多くて貴重な米粒がママッコになったりする。それでも、すいとんや焼き団子とちがい、米粒が混じっていさえすれば乳がよく出て極楽さまだった。私たちが貧しかったばかりではなくて、日本じゅう誰でも腹を空《す》かしていたのである。

「ほんとに、あのじぶんは米粒を見ると拝みたくなったものだわ。ひと粒ひと粒が光ってた」

うまくない、昔の味と違うと、とかく文句の多い夫だが、食べ物を捨てることだけはしない。私たちにはそれが出来ないのである。

「おい、その煮豆、もういっぺん火ィ入れといて明日食べるといい。もったいないからな」

そう言いながら、夫は胸元を叩いてから小鉢のかぼちゃを頬張った。ほっとした私は、鍋に少しの水とスプーン一杯の砂糖を入れて、豆を煮直す準備をした。

トマトの味

七十四歳になる夫は、昨年から肺気腫で入退院を繰り返してきた。肺活量が少ないために呼吸がしにくい病気で、家にいるときも酸素吸入器を手離せない。私は、毎日昼の給食時間を見計らっては、車で五、六分の個人病院へ夫を見舞っている。

「アラ、おいしそうなマカロニグラタンねぇ。まだ温かいんでしょう？」

「うん。だけど、食欲がないんだ。もったいないから、家へ持って帰って食ってくれ」

「そんなこと言わないで、少しでも食べてちょうだい。どんなおくすりよりも、食べ物がいちばん力がつくのよ」

聞こえないフリをした夫は、コンソメスープをひとくちすすって器を置いた。となりの白い小皿には、鮮やかな色のトマトがふたきれ乗っていた。しかし、夫の手は動かない。

この病気で倒れるまでの彼は、トシをとって少食になったとはいっても、毎晩好物の魚や煮物を前に酒を楽しんでいたのだった。

夫は、私がいくらけしかけても箸を持とうとしなかった。途方にくれてその広い額を眺めているうちに、私はふと、黒々とした髪を掻き上げる、三十歳の彼を思い出した。

アルミの小さな手付き鍋を前に、若い日の私と夫がちゃぶ台代りの机に向かっていた。敗戦の翌々年であった。知人の家で間借りをしていた私たちには、生後間もない娘がいた。

夜更けである。赤ん坊に乳を飲ませた私は、空腹で背中とおなかがくっつきそうだった。しかし、一人で先に鍋のフタを取れば絶対に夫の分を残せないから待っていたのだ。どこかでカストリ焼酎を飲んできた夫の胃袋にも、固形物が入っていないのは分かっていた。

二人は眼ン玉を剝いて冷えたおじや鍋を見据えた。だが、がむしゃらに手を出すわけにはいかなかった。まず、木しゃもじを湿らせて鍋の中心線に溝を入れる。円を正確に二等分するのだ。食べ物を前にしたら、夫婦も兄弟もありはしない、浅ましい飢えの時代であった。

ゴクンと唾をのんで鍋の中の線引きをにらみ、無言で顔を見合わせてから、二つの茶わんに盛り分ける。中身は、大根葉やいもの蔓《つる》などを刻み込んだ、塩味のおじやだった。野菜の中に米粒を混ぜたような雑炊でも、ぜいたくというべきなのだ。七人家族である母屋の夫人が「すいとんは、大きさがそろわないから、数だけで分けるとどうしても不公平になります」とこぼしていた。たいていは、米粒無しの、トウモロコシ粉のざらっぽい焼き団子か、その粉につなぎの小麦粉を入れたすいとんだった。もちろん、小麦粉もヤミである。

冷たいおじやだが、米粒は急いで胃袋へ直行させるのが惜しかった。二度、三度、嚙みしめてからおもむろにのどへ送り込む。それでも、茶わんにかるく二杯あるかなしかの食事は、あっというまに終りになる。〝ああ、あ、もっと食べたいなぁ〟と、つい恨めしい思いで相手を見てしまう。だが、同じおじやを明日も食べられるという保証はない。米の配給はゼロにちかいので米びつはいつもカラッポなのだ。米の代替としての、さつまいもや乾燥カボチャ、トウモロコシ粉の配給も遅配になることが多かった。

私は、白地に藍《あい》で美しい秋草模様を描いた、病院の給食盆に視線を戻した。赤い濡れ色のトマトが人待ち顔に見えた。

「ねえ、このトマト食べてみてよ。食欲がないなんて言ってたら病気に勝てないわ」

「そういえば、昔はトマトなんていう高級な野菜は八百屋でも見かけなかったな。きっと、芋や大根とちがって腹の足しにならないから農家が作らなかったんだろう」

例によって、ひと理屈こねた夫は、そこで〝フウ〟と息をついた。苦しそうだった。

「しかし、これは見事な色をしてる」

自分の言葉に誘われたように夫はトマトをひときれ口へ入れた。そして低くつぶやいた。

「うまいはずなのになぁ。いまはどうしてだか味が分からんよ。トマトに申しわけない」

夫の背中

去年（一九九三年）の八月にＣＴスキャンの診断をうけた夫は、かるい脳梗塞があるといわれて酒とタバコをやめた。あれほどの呑ン兵衛が、と驚くくらい、それは見事な変りようだった。

ところが、秋には原因不明の発熱がつづいたあと呼吸が苦しくなり、肺気腫と判った。やがて病状がすすんで年末に入院すると、在宅酸素療法患者という大層な肩書が付いた。

ことしの三月にいったん退院したが、五月からまた病院暮らしに戻っている。

「かあちゃんよ」と、夫は鼻先に細いビニールのチューブをさし込んだまま首をねじった。私は〝七十のジジイを生んだ覚えはありません〟と胸の底でつぶやきながら、表面はさりげなく顔を近付けた。

「どうしてこんなに苦しいのかなぁ。考えてみたら、酒やタバコと縁を切って仙人みたいな暮らしをするようになってから、肺気腫なんて病気が出たんだ。五十何年ものあいだ、毎日体ン中を循環してたアルコール分が、急にぴたっとめぐらなくなった。完全な油切れだよな。調子狂ったのは禁酒のせいじゃなかろうかって、ちかごろ俺はそんな気がしてきた」

また屁理屈が始まった、と笑い飛ばそうとしたが、途中で私の頬がこわばった。だが、ここでくじけたら湿っぽくなる。

「じゃ、試しにビールでも飲んでみたら?」

「いや、とても、とても。俺は、もう一生分のアルコールを飲み尽くしたんだってことだろう。だから、酒はあきらめるさ。しかし、酸素まで取り上げないで欲しいよ」

約半世紀も連れ添った私だが、酸素が足りないと言う夫に、ただの一秒でも代りに息を吸ってらくにしてやることはできない。

「酸素吸入が、ほんとに効いているものかどうか、こう苦しいと分からなくなる。胸を押さえ付けられてるようで、いらいらしてくるんだ。情緒不安定っていうのかな。我ながら始末わるいよ」

「情緒不安定なんて、思春期の少年みたいじゃないの。まだ若いんだわ」

励ますつもりの言葉が、妙にぎこちなく上滑りして会話が跡切れた。やがて、夫が寝たままゆっくり横を向いた。汗ばんだから背中を拭いてくれと言う。病室は適温なのだが、苦しさのための冷や汗であろうか。

二人部屋である。しばらくは空いていたのだが、きのう隣りのベッドに喘息患者の若い女の人が入院した。夫がしきりに手を振っている。あいだのカーテンを引けという合図だ。夫の背中には、若いころに結核で胸郭成形手術をした無残な痕がある。彼は、低い声でまた「かあちゃんよ」と呼んだ。

「ゆうべ、看護婦さんに浣腸してもらった。部屋ン中でウンチするようになったら人間もおしまいだねぇ」

「何を言ってるのよ。よかったわね、すっきりしたでしょう。そんなのを恥ずかしがってたら、女はお産もできやしない。もっとみっともないことを我慢して子どもを産むのよ。生きてる証拠じゃないの」

動いたり話したりしたのがこたえたのか、肋骨七本を切除してある夫の背中が大きく揺れた。苦しいのだ。呼吸不全の苦痛は、察することはできるが、私には実感のしようもない。人間は何事も自分自身で引き受けるしかないのだ、とあらためて教えられた。

「どうしたァ」と夫のほそい声。一瞬、私の手が止まっていた。あわててタオルを持ち直したが、涙が落ちそうになった。

のんきな患者

私が狭心症とのつき合いでニトロを手離せなくなって、もう三十年余りになる。気ごころの知れた身内のようなものである。〝あ、お出でなさるな〟という予感を覚えると素早くニトロを舌下に入れて、〝どうぞ〟とおとなしく待ちうける。夕方か夜明けによく現われるお客様だが、私は少しもあわてたりしない。

敗戦の翌年以来喘息と仲良くしてきた夫は、昨年から肺機能低下で常時酸素吸入のご厄介になっている。他人さまにうっかりそのことを言うと、とたんに、「それは、それは」と気の毒そうに眉をひそめ、あとずさりをして早々に退却される。あしたにでも死ぬかと思われるらしい。

一時期、確かに医師が首をかしげたこともあった。だが、それを上手に切り抜けてからは、慢性呼吸不全という状態にも慣れて、夫自身も看護人の私も胆《きも》がすわってきた。お互い、七十をとうに過ぎた身だから、時間切れはそう遠くない。明日を案じてくよくよするより、きょうの、この時間をよろこびましょう、と思うようになった。

ある日。食卓で夫の箸と茶わんが激しくぶつかり合う音がした。手がけいれんしているのだ。彼は〝いよいよか〟という情けない顔になった。そういえば、このところ入院中にふえたカプセル剤を服《の》んでいる。医師はなるべく使わせたくない様子なのだが、夫は呼吸がラクになると言って無理にねだっていた。

「アレの副作用かもしれないじゃないの」

試しにそれの服用を一日休んだら震えが止まった。苦しいときは、たとえ手がふるえても呼吸のほうを優先させればいいじゃないか。

「シーソーゲームだな。酸素を使うコツも分かってきた。少量ずつ、絶やさないことなんだ」

曇り日に、庭いじりの好きな夫が、「二十分だけ」と言って芝生の手入れを始めた。「無茶をしないで……」と言ったが、聞こえぬフリをしている。ええい、と、私も庭へ下りた。酸素のビニールパイプを外した夫は気持よさそうだった。ところが、夫の呼吸よりも、私の肘の筋膜炎のほうが先に悲鳴をあげた。いつもの鎮痛剤も服んでいるし貼りぐすりもしているのだが、痛くて手が動かせなくなった。

「オレは肺気腫だけだけど、そっちは欲張って病気をいくつも抱えてるもんなぁ」

「すんまへんな。けど、まだ呆けてないだけ上等でっしゃろ。ま、せいだい病気と仲良うして、細う、長う生きまひょいな」

翌日。調子に乗った夫は、病院で点滴をうけたあと、私の車に乗ると町へ行けと命じた。部屋に溢れた本の整理に、日曜大工の店で板を買い、自分で廊下の幅にぴったりの本棚を作ると言う。果たしてトンカチが使えるだろうか。店内を歩いているうちに息を切らした夫は、「既製品でがまんする」とつぶやいた。ほっとした私は黙って近くの家具屋へ向かった。

「人混みはダメだけどな、この分なら二時間くらい酸素なしでもいられそうだぞ。こんど、天気のいい日に中伊豆《なかいず》へドライブしようや」

バックミラーに、大まじめな夫のぎょろ眼がうつっていた。一日おきくらいに酸素屋さんが大きなボンベを運んでくれる。医師には、いつでも苦しくなったら入院しなさい、と言われている。そんな有様の在宅患者である。

「なァに、メシが食えるうちは大丈夫だ」

消耗が激しくて血中蛋白が不足しているという。夫は板チョコを頬張りながら言った。

「さて、ドライブを楽しみにして、と。きょうもベッドで毒ガスを吸うとするか」

天守閣

私の家は、階下に八畳ひと部屋と十二畳ほどの吹き抜けになったリビング、その向こうの台所の上に六畳間が乗っかっている、という妙な間取りである。すぐ隣りは大きな家だが、平屋建て。以前に隣家のご主人から額ぶちに入れた見事な水彩画を頂戴した。私の家を写生されたもので、

「お宅の二階からは天城《あまぎ》山脈がよく見えるでしょう。まるで天守閣みたいですなぁ」

と言われた。

夫は、その天守閣にベッドを据え、枕元に無粋な酸素ボンベを二本置いている。慢性呼吸不全の患者に階段はよくないのだが、

「手すりがあるから大丈夫。オレの体に適《あ》ってるんだろう、ちっともつらくない」

と私に口をはさませない。

ゆうべ、大儀そうに降りてきた夫は、

「大波が押し寄せてきたようだ。今夜はメシが食えない」

と眉根を寄せた。夫の病状は、一日のうちでもトキを選ばず小波が寄せたり引いたりするし、或る期間をおいて大波がくるという。それをこの一年余り繰り返してきた。

しかし、潮の引く時間が分からないから、何か少しは口に入れないと食後のくすりが服めない。台所の椅子に腰を下ろした夫は、テレビのニュースがうるさいと言ってスイッチを切った。消耗性疾患だから、何よりもまず栄養補給が必要なのだ。私はだんまりで手を動かした。青磁《せいじ》いろの小鉢にリンゴを摺りおろし、白い深皿にほうれん草のゴマあえを小さく盛り付けた。濃緑の器《うつわ》にカボチャの甘煮を三きれ。夫の呼吸音は少し荒かった。よけいなおしゃべりは禁物である。マグロの刺身を半人前ほど厚切りにした。主食はほんのひとくち程度にとどめた。

「食べたほうがいいわ」などと言えば「食欲がないと言ってるのが分からんのかッ」と癇癪玉が破裂する。私は黙々と自分の食事を始めた。

夫が箸を持った。やがて、小鳥が餌をついばむようにつつきだした。

いつのまにか、皿小鉢の中身が減り、茶わんのごはん粒も消えていた。食後三十分の服用を厳守している夫は、七、八種類もの錠剤やカプセルをテーブルの上に行儀よく並べて時計を見た。私たちの頼みの綱は、かかりつけのお医者様。微笑を絶やさない彼は、夜でも休日でも診てくれるし、苦しいときは早い目に入院しなさいと言ってくれている、近くの個人病院の院長さんである。

夜半。夫は天守閣で酸素吸入をしながら眠っているはずだった。眼が冴えてしまった私は、二階へ通じるインターホンを見つめた。夫の枕元にもそれがあって、すぐにボタンが押せるようになっている。

十二時を過ぎた。

食欲がないという病人にアレコレ食べさせてしまった。胃袋がふくれると呼吸が苦しくなるのは、私も狭心症の持病があるので知っている。だが、消耗の激しい夫は食べなければ病気に耐える体力が保《も》たない。私は、大波襲来について、あのとき院長さんの指示をうけるべきだったか、と後悔した。

無事に夜が明けた。

「天下の状勢はいかがざンすか」

天守閣へ上り、そっと襖をあけた私は、小声で殿に伺いを立てた。ふとんの衿が動いた。

「ゆうべ、メシを食ってからいくらか落ちついたみたいだ」

私は内心ほっとしたが、さりげなく
「じゃ、キャベツのジュースを作るわね」

と言った。夫がかすかにうなずいた。

リサイクル

旧知の夫妻が、横浜から車で訪ねてきてくれた。ご主人はアナウンサー、夫人のヨシ子さんはボランティアでリサイクル活動をしている。私は、以前にも何度か彼女に古い衣料の始末をお願いしたことがある。

「そういえば、私がご主人と初めてお会いしてから何年になるかしら。あなたはフレッシュマンのときとあまり変わらないわねぇ」

「とんでもない。あれから三十何年も経って、息子が二十八になったんですよ。僕はもうすぐ停年です」

彼はそう言いながら、

「これでも、僕は女房の仕事にも協力してるんですからね」

とハンドルを持つ手真似をしてみせた。

世の中は使い捨て時代といわれて久しいが、不用品が溜っても、私たちの世代はつい〝勿体ない〟という気持が先に立ってしまう。トシをとって体が弱ると、なるべく必要最少限の道具、衣類を上手に使い回して暮らしたいと願っている。家の中にふだん使わない物が多いと、せっかくの品物が生かされないばかりか、それらの整理に骨が折れるのである。

肺気腫で常時酸素吸入をしている夫が、気分がいいのか鼻のチューブを外して席に加わった。

「俺の登山服や毛糸の長いくつ下なんか、酸素ボンベと仲良しになっちゃってはもはや無用の長物だから、お願いできないかなぁ」

「情けないこと言わないで下さい。潜水夫はボンベ背負って泳いでるんですよ」

と、彼がすかさず明るい声で夫を励ました。

「アラ、いくら何でも古いくつ下は失礼よ」

私はあわてて夫をたしなめた。

「いいんですよ。糸のものや布はどんなに古くても破れていても決してムダになりません。最後は細かくほどいて、綿の代りにクッションの詰め物にも使えます」

それでは、と調子に乗った私が衣裳箱から和服の残り布を取り出した。戦時中に長袖を短く切った端布《はしぎれ》まで混っていた。

「まあ、いい柄の縮緬《ちりめん》ですこと！　こういうのは小さな袋物に仕立ててリサイクルショップに出せば売れますよ、きっと」

「ヨシ子さんがそんなお仕事もなさるの？」

「ええ、素人の見様見真似ですけどね。古い布が、工夫しだいで思いもかけない物に生まれ変わってくれるとうれしくなります。それに、私はミシンを踏むのが大好きですしね」

「あの、プレゼントがありますの」

と席を立ったヨシ子さんが、可愛い柄の六角形の箱状の物と手提げ袋を抱えて戻ってきた。

「これの中身は牛乳パック二十四本を開いて畳んだのを集めて布をかぶせただけだけど、踏み台にもなって便利なんですよ」

共布《ともぎれ》で丸ぐけを輪にした把手《とって》が付いている。軽くて指先で持てるのだ。私は早速乗ってみたがビクともしない。渋い茶系統の布で作った手提げ袋も彼女の作品だというが、ころ合いの大きさでチャック付きだから、私は明日から使わせてもらうことにした。

「リサイクルの仕事は、お友だちと八人で始めたんですけど、みんなで知恵を出し合ってわいわいやっているうちにいいアイデアが浮かぶんです。このあいだ、十センチ四方くらいの小さな布を集めて施設に持ってったら、手のリハビリにお手玉を作るって喜ばれました」

「最近は、破れてもいないおふとんが粗大ゴミに捨ててあったりしてびっくりしちゃう」

と私が溜息をついた。こうして私たちが話し込んでいると、夫がポツンと呟いた。

「俺には、どんなにボロになっても役に立つっていう、布きれが羨ましいよ」

チマ・チョゴリ

昭和初年、大阪に住んでいた私は、小学校でも朝鮮人の友だちが多かった。どういう事情で移住した人たちかは分からないが、そのほとんどが貧しかった。

方貞熙《バンチョンヒ》ちゃんという同級生がいた。小学一年生のときである。足が悪く、体の弱い私には、痩せて背が高く、口数の少ない彼女がひどく大人びてみえた。

それは、寒い日の下校時だった。淀川からの風に小児マヒの足をすくませていた私は、あっという間に腕白小僧の群れに囲まれてしまった。「チンバ、チンバ」と囃し立てられている私の前に、通り合わせた貞熙ちゃんがすっと割り込んで立ちはだかった。黙って両手を広げた彼女は、蒼白い頬を引きつらせて相手を睨み付けた。上体をやや反り加減にして身じろぎもしない彼女の気迫に圧されたか、腕白どもはじりじりと後退して、やがて散っていった。私は貞熙ちゃんと手をつないで無事に家へ帰ったのである。

そんなことがあって、家は離れていたのだが、私たちは仲良しになった。しかし、彼女は私の家で遊んでも決して声を上げてはしゃいだりはしない。口を閉じたまま、背筋をシャンと伸ばして少女雑誌などを読んでいた。

ある日、おやつにぜんざいを振る舞った母が、貞熙ちゃんの着ていたダブダブの汚れた洋服を脱がせて、肌着までそっくり新品と着替えさせた。彼女は終始黙って下を向き、されるままになっていた。

学校で、今でいえば授業参観日のようなときに、私は貞熙ちゃんのお母さんを見かけたことがある。引っつめ髪に、古いが洗濯したばかりの白いチマ・チョゴリだった。やはり上体を少し反らせて、怖いほど真剣な顔を真っ直ぐ正面に向けている。私の母も同じように教室の後ろにいたが、二人は一度軽く会釈しただけのようであった。

私は、そんな遠い日の光景から、ひどく恥ずかしい思いにかられている。私の母は、貞熙ちゃん親子に喜ばれることをしたと、内心いい気持になっていたかもしれない。しかし、今こうして考えると、誇り高い民族であるあのお母さんは、日本人の差し出がましいお節介に心を傷つけられて惨めな思いをしたか、あるいは、腹を立てていたのではないだろうか。あまりにも遅きに過ぎる後悔だが、私は申し訳なく反省しているのである。

東京・神田の旧制女子専門学校で、同級に洪禧《ホンヒ》さんという人がいた。いつも清潔なチマ・チョゴリ、それも、なぜか決まって濃紺の上下で、和服に似た襟元には純白の布が細くすっきりとのぞいている。一、二歳年上で、容姿端麗の洪さんは、成績も常にトップクラス、私たちお茶っぴいには気やすく冗談も言えない存在だった。

手元に、黄ばんだ写真が一枚ある。友禅の長袖に袴の私は、洪さんのチマ・チョゴリの胸に寄り掛かるようにうっとりとした表情で立っている。在学中に、私は一度だけ彼女に叱られたことがあった。私の、首をかしげて話をする癖は、他人に媚びるようで見苦しいというのだ。あれから半世紀以上経った今でもまだ、私のその癖は直りきらないが、気が付くたびに洪さんを思い出すのである。

女専の卒業年度に、女子薬専の学生だった金世珍《キムセジン》さんという友だちを、母の反対を押し切って私の家へ下宿させた。朝鮮人というだけで敬遠され、部屋が借りられなくて困っていたのだ。彼女は、玉姫《オクヒ》さんという異母妹と一緒だった。日中戦争の始まった年である。

私は、小児マヒの後遺症を、当時実験段階だった手術に賭けるか否かで迷っていた。世珍さん姉妹は卒業しても就職が難しく、帰国の是非で悩む日々だった。ある時、世珍さんが学校からホスゲンという劇薬を持ち出してきた。その一包ずつが致死量だという薬包を、私たちはそれぞれ秘密の場所へ隠した。

そんな中で、世珍さんがハーモニカを吹き、美声の玉姫さんとよく〝帰れソレントへ〟などを歌って気晴らしをした。そして、記念に写真を撮ろうという話になったのである。私は、玉姫さんの、全体に薄紫の小花模様を散らした絹のチマ・チョゴリを借りた。彼女には、私の箪笥から袂の長い縮緬の着物と淡い色の袋帯を取り出して着付けをすませた。どう見ても、楚々とした「大和撫子《やまとなでしこ》」の風情であった。世珍さんは、私たちの騒ぎにそっぽを向いて頑固に紺サージの制服を脱がなかった。

近くの写真館から戻って門を入ろうとしたとき、そこにいた私の母とぶつかった。呆気《あっけ》に取られた様子で一、二歩後ずさりをした母が、それこそ眼の玉をまン丸くして棒立ちになった。一瞬、自分の娘を見間違えたものか、世珍さんと私とをためつすがめつ見比べて瞬《また》きもしない。妹の玉姫さんは、色白、丸顔の、紛れもない美形である。私と世珍さんは一ランクも二ランクも見劣りはするが、どこか顔立ちが似かよっていた。ただ、写真館の大きな鏡の前に立ったとき、私は、チマ・チョゴリがあまりにも自分にぴったりで、良く似合っているのに驚いた。

ひょっとすると、私の遠い祖先はかの国からの渡来人ではないだろうか。もっとも、両国は二千年以上も前から往き来が激しく、あちらに住み着いた日本人も多いようだし、百済《くだら》・新羅《しらぎ》などから渡来した人びとが、北九州をはじめ日本海沿いの村々、関西の町、武蔵の国などに集落を作った痕跡は数知れない。製鉄や作陶、農耕の技術を伝えたのも渡来人である。戦前には、長崎県の対馬で病人が出ると、漁船に乗せて釜山《プサン》の病院へ連れていった、という話も聞いた。晴れた日には島の北端・韓崎《からさき》から釜山が見えるほどの距離なのだ。

日本という国は決して単一民族などではなくて、アジアの民族の集合体といおうか、特に最も近い朝鮮半島とはその付き合いが深いのである。古くから大変親密な間柄を保ちつつ暮らしてきたに違いない。私が、ただの偶然でチマ・チョゴリが似合うのではないような気がするゆえんである。

金姉妹と別れて三十年、私は在日韓国人の友だちに頼んで探し続けた末に、ようやくその消息をつかむことができた。だが、沖縄より近いのに、渡航に面倒な手続きの要る外国なのである。さらに十数年の文通の後、一九八三年に世珍さんと念願の再会を果たした。

金浦《キンポ》空港で先に私を見つけた世珍さんが、眼を潤ませて飛びついてきた。

「松葉杖はとれたけど、あんまり変わってないね」

「あなたもよ。玉姫さんはどうしているの？」

「知らない。だって、こっちへ鉄砲向けるんだもの、どうしようもないじゃないの」

玉姫さんは北へ行ったままなのだ。あの頃、一つの布団でふざけあっていた二人を思うと信じられないが、それが現実だった。

空港からバスでハイウェイを走っているとき、道のすぐ脇で畑の手入れをしている男性を見掛けた。天辺の尖ったかぶりものの下は黒いチョゴリ、ズボンと見えるのはパジであろうか。手を休めることなく、寸土を惜しみいとおしむ様子に、私は思わず世珍さんの腕をつついた。日本ではもはや余り見られない光景であった。彼女は〝そんなの珍しくもない〟というように軽く頷き返した。

仕事を持つ世珍さんと景福宮《キョンボククン》の前で一旦別れた私は、同行の友人と南大門《ナムデムン》の辺りを歩いた。道端に、殻付きピーナッツを売っている老女がいた。一山千ウォンだという。友人が「多すぎるから、五百ウォン分売って下さい」というと、老女はとたんに激しく首を振ってジロリと私たちを見据えた。その視線に鋭い険があった。恨み骨髄に徹するといわぬばかりの眼光である。日本が不当に支配していた時代を思い、絶句してたじろいだが、何ともつらかった。ソウル・オリンピックに向けてか、いたるところで地下鉄工事のために道路が通りにくくなっていた。

翌朝、慶州《キョンジュ》・石窟庵への長い参道で会った親子連れの姿が、釈迦像の柔和なお顔と、陽を受けて輝く額の白毫《びゃくごう》とともに忘れられない。下界は水墨画のような景観である。老女が着ている純白のチマ・チョゴリの腕を大事そうに支えてゆっくり登っていくのは、パジ・チョゴリの頼もしげな中年男子であった。

その旅の終わり、私は釜山金海《キムヘ》空港で「この次は、一人で来て幾日でもうちに泊まりなさいよ」という世珍さんと別れた。つもる話のできる日を楽しみにしていたのに、一昨年、彼女は糖尿病が悪化して亡くなってしまった。しかし、最後に見た白いチマ・チョゴリの世珍さんは、私の瞼に焼きついて今でも生き続けている。

一刻千金

一昨年来肺気腫で入退院を繰り返していた夫が、このところしばらく小康状態をつづけている。一、二時間くらいは酸素吸入のチューブを外していられるようなのだ。

食事のあとで庭を眺めた夫が、

「ことしは、植木屋を頼んだのにとうとう藤が咲かずじまいだった。去年はあんなによく咲いたのになぁ」

と、暗に〝俺の腕前〟を自慢した。

その翌日。私がちょっと台所にいるあいだに、折り畳み式のアルミ梯子を抱えて庭へ下りた。私も両肘の筋膜炎で湿布をしているが、病人さんの勇ましい姿にじっとしていられなくなり、急いで庭へ出た。

「まずは、梅の木から片付けるか」

裾口を絞った作業ズボンの夫は、私に有無を言わせぬ口調で梯子に上った。遠く天城《あまぎ》山脈の稜線がくっきりと見え、青い空の下、鳥の声がしきりである。

カチリ、カチリとリズミカルな音が響いた。頭の上から落とされる徒長枝《とちょうえだ》を、そのたびに私は大きなゴミ袋に始末した。若い小枝を折る感触が快い。まるで健康人のような姿で鋏を使っている夫を、私は伸び上がってしみじみと眺めた。去年のいまごろは、常時ナースステーションへ心電図のモニターが送られていた。危機を脱して退院しても、一週間で悪化して逆戻りしたこともある。

今度も「まぁ、それじゃしばらく本宅へ帰ってみますか。しかし、苦しくなったら我慢しないですぐ別宅へいらっしゃいよ」と医師は不安そうに退院を許可した。その後、毎日通院して注射はしているものの、やがて一カ月ちかくも本宅住まいがつづいているのだ。奇跡的ともいえる仕合わせだった。

「もう三十分を過ぎたわ。あんまり無理しないほうがいいんじゃないの?」

「緑の葉っぱたちが、俺に向かって精気を送ってくれてるのかねぇ。こうしてると生き返るように気持いいんだ。酸素吸入なんかよりよっぽど効くんじゃないかなぁ」

さらに三十分。夫は無事に植木職を勤めている。私はよく息の合った助手。ふと、このまま、健康で平穏な老夫婦の時間がつづくような錯覚を起こしそうであった。だが、現実は一刻の油断もできなかった。いつ頭の上で「苦しいッ」と叫ばれてもふしぎではないのだ。何とか芝生の上へ抱えおろせたとして、私の車まで運んでうまく座席に乗せられるかどうか。それがむずかしい状態になれば、やはり救急車を頼むしかないだろう、と、私はひそかにさまざまな場面を思い描いていた。

肺気腫という病気は、完全に回復する見込みはないと宣告されている。つねに、正常な呼吸ができないのだ。夫は「胸に重い石を乗っけられているみたいだ」と嘆く。「鼻に酸素のチューブを挿して生きてても意味がないよな」と呟いたりする。そんなとき、私が、「生きてる、そのことに意味があるんじゃないの。死んだら庭に咲いた花も見られないわ」と生意気な口をはさむと、夫はよけい不機嫌になる。

しかし、こうなれば、どっかり腰を据えて、酸素を吸うのを夫の常態と割り切り、せめて発作のない時間は、内心ヒヤヒヤしながらも、私はきょうのように好きな庭仕事をする夫とともに楽しもうと思った。

年齢を考えれば、お互いにこの程度の体の不調ですんでいるのはむしろ上等の部類かもしれない。明日のことは明日にまかせて、ともあれ、本日ただいまのこのひとときは、得難くありがたい一刻なのである。

ある日のこと

九州に住んでいる同級生からしばらく振りに電話がかかってきた。元気そうな声だった。しかし、いくら長寿社会になったといっても、齢《よわい》七十を過ぎれば、いつ別れのときがくるかもしれないと心細く、とりとめもない電話でもそのたびについ長くなってしまう。

ところが、その日の彼女は、どういう弾みか、途中から昔むかしの初恋物語に話を転じたのである。初めは多少面喰った私も、相槌を打っているうちに思わず受話器を握りしめる仕儀になった。お相手は幼馴染だったそうだが、戦時下で短い手紙のやりとりくらいのうちに出征して、南方の海で戦死した。

彼女はその後平凡な結婚をして子を産み、現在孫が三人もいる。半世紀以上経って、初恋の人の兄から便りがあり、改築の際に偶然見付かったとかで一冊の大学ノートが送られてきた。そこに、手紙には書かれていなかった、彼の熱い想いが綴られていたというのだ。五年前に夫を亡くしている彼女だが、胸にしまっておけなくなったのであろう。

うちの電話はキャッチホンだから、割り込み電話が入れば信号音が鳴る。二度ほどその気配があった。私は内心どうしようかと迷ったが、話が思わぬ華やかさで盛り上がっていて、とても無粋に中断できる状態ではなかった。プップップッと耳元で跳ねるような信号を気にかけながらも通話をつづけた。

「人間は、どこまで自惚《うぬぼ》れが強く、いい気なものなんでしょうねぇ。鏡さえ見なければ、トシを忘れてぬけぬけと若い日の話をして、彼の日記を見せられたなんて興奮してるんですもの」

彼女が自嘲の吐息まじりにそう言ったとき、玄関のドアを激しく叩く音と甲高い声が聞こえた。驚いた私は彼女に断わって立った。

「ああ、よかった。電話しててらしたんですねぇ。何度かけても通じない。あんまり長いのでお出かけかしら、と外へ出てみたらお車がある。あ、これは大変、どうかなさったんだと思っちゃって……」

ハァ、ハァと息づかいが荒い。一軒おいて隣りの奥さんだった。

やはりご主人がご病気なので、この幾日か、私は夫を見舞うたびに同じ病院へ行かれるご主人を車でお誘いしていた。だが、きょうは気分がよくてご自分の車でいらっしゃれるという。

この台地は坂道ばかりだから、隣り同士三軒はよく電話で用件をすませた。いずれも老人世帯で、縁故もなく東京方面から温暖の地を求めて移り住んだ事情も似かよっていた。それぞれの子息はみな遠く離れている。いまの世の中には、若い世代との同居に踏み切れない老人が多い。どちらがわがままとも言えないが、やはり老若別々のほうが互いに気楽というものなのであろう。わが家も息子は札幌に住んでいる。私たちが伊東へ移るとき、どのみち体は弱る一方なのだから、この際札幌へくるほうが賢明だろう、と息子に言われた。しかし、寒冷の地を敬遠して、せっかくだが、と首を横に振った。そういえば、九州の彼女もマンションのひとり暮らしである。

「いざとなったら、医療設備のある老人ホーム、というテもあるわよ」

と至極楽天的だ。

同級生からの意外な電話に、私まで浮き立って身辺の現実を忘れ果て、近隣によけいな心配をかけてしまった。いま夫は幸い病状が安定している。彼女の初恋物語をベッドの夫に話したら、どんな顔をするだろう、と私は楽しい想像をしながら病院へ行く仕度を急いだ。

嫁姉さん

沖縄県島尻郡大里村《しまじりぐんおおさとそん》に住む美智子さんから重い速達小包が届いた。中から月桃《げっとう》の葉に包んだ短冊型の鬼餅（ウニムーチ）やサーターー（砂糖）天ぷらが出てきた。お豆腐くらいの、血のしたたるような牛肉の塊も入っていた。月桃の葉から、ニッキに似た仄かな香りが漂ってくる。私は思わず折りたたまれた葉っぱの一つをほどいてムーチを取り出した。

ずっと以前に聞いた話だが、沖縄では旧暦の十二月八日にこのムーチを凍み豆腐を乾す要領で長く編んで鴨居に吊るし、子どもたちにくぐらせる風習があるという。サーターア天ぷらは、水を一滴も使わないで卵と小麦粉をこねて揚げるので、暖かい沖縄でも日保ちがする。

美智子さんに電話でお礼を言うと
「早かったねえ。お餅搗《つ》いて、天ぷら揚げて、昔通りの行事さね」

といつもの明るい声が返ってきた。

「ご主人の喘息、どんなかしら?」

「うん、痰が切れん、言うてからに、いま点滴しとる。これから病院へ迎えに行くところよ」

いつのころからか、私は美智子さんを嫁姉さんと呼んでいる。ご主人の妹に当たるノブ子さんがそう言っていたからであろう。ノブ子さんは、十四歳のときに遭った地上戦のショックから終生抜け切れないまま、数年前に亡くなった。

五十年前、一九四五（昭和二十）年四月一日にアメリカ軍が沖縄本島に上陸してからの、全住民を巻き込んだ凄惨な沖縄戦である。すでに、空襲と艦砲射撃とで本島南部は壊滅していた。摩文仁《マブニ》の丘を逃げまどうていた美智子さんは、六月十九日未明に、母、祖母、妹二人を瞬時に喪《うしな》った。そのとき、十六歳の妹が「あ、あッ」と叫んで彼女の膝に這い上がってきた。絶命した妹をそっとおろして、血でびっしょり濡れたもんぺを絞ると血汁が垂れた。

翌年七月、ようやく解放されて捕虜収容所から村へ帰った美智子さんは、ＣＰ（民間警察）に付き添われて家族の遺体を探しに行った。着物をかぶせた四隅に石を乗せて逃げたので片付けられないであった。四人とも、眼鼻はただの穴ぼこになっていた。彼女は大きな叺《かます》に母たちの骨を拾い集めて詰めた。夕陽を浴びて立ち上がり、叺を背負って涙を振りしぼりながら歩いた。彼女の背中は、収容所で支給されたダブダブの軍服を通して汗が浸み出し、ハダシの足は泥にまみれていた。

家を焼かれ、父は戦死、残った家族も失った十八歳の娘は、焼け跡に体のまわりに板切れを寄せ集めた囲いの中で夜も眠れずにうずくまっていた。やがて、同じ村の人が、「満州」の戦場から帰還した息子の嫁にきてほしいと言った。アメリカ兵に襲われる恐怖から逃れられるなら、結婚相手など誰でもいい、と彼女はその話に応じた。

「それが、一緒になってみたら気の優しい人だったのさ」

美智子さんはいまでもサトウキビを作っている。しかし、ご主人は、「あれは小遣い取りにもならんさ」と言って勤めに出ていた。

一九七八（昭和五十三）年から始まった私の沖縄通いだが、そのたびに美智子さんを訪ねないときはなかった。しょっちゅう家を留守にするので気が咎めた私は、せめてどんな所をうろついているのかを知ってもらおうと、一度夫を沖縄へ案内したことがある。もちろん、島尻の家へも寄ってご馳走になった。以来夫はすっかり嫁姉さんのファンになっていた。

今朝から食欲がないと言って病室にこもっていた夫がおりてきた。

「サーター天ぷらか、一つよばれてみるかな」

珍しく彼の頬がゆるんでいた。

好日

今朝も、五時少し前に眼が醒めた。階下の和室にある低い木製ベッドの中。まず、手足をそっと動かしてみた。異常はないようだ。両手の指もラクに曲げ伸ばしできる。毎朝のことだが、私はそこでほっと胸を撫でて起きる仕度にかかるのだった。

着替えて雨戸をあけ、新聞を取りに出ると、玄関先でゆっくり深呼吸をするのも習慣になっていた。道を隔てた向かい側にある不在別荘の立派なお庭を眺め、右手ロータリーにそびえる山桜に眼を移した。春には、二階の屋根より高い枝々から、手の届くあたりまで、生気溢れる花をつけて楽しませてくれる大樹である。葉桜もまた美しい。すべて、小さな我が家には不釣り合いの借景であった。

七時に朝食の準備にかかるまで、机の前で新聞に眼を通した。二階の病夫は無事に就寝中の様子。やがて音を立てないように台所へ行き、味噌汁を作り、リンゴを擂りおろした。

八時になった。二階で雨戸をあける音がして夫が下りてきた。表情が穏やかだった。気分がよさそうだ、とひとまず安心して食卓をととのえた。

こうして酸素吸入を離せない夫と二人きりの一日が始まるのだが、じつはいっときも油断はできなかった。阪神大震災以来、夫は潮の干満のように繰り返し襲ってくる肺気腫の発作的苦痛を、その程度により「震度二」とか「震度三」などと表現するようになった。

「震度四だ」

毎度のことなのに、私はとっさにあたりを見回してしまう。荒い呼吸音を立て眼を据えている夫が「メシは要らん」と這うようにして病室へ戻る。酸素吸入を急ぐのである。

しかし、今朝は落ちついて箸を運んでいた。

もう入院生活はしたくない、と言う夫は「震度四」になると近くの病院で点滴をうけるが「震度三」までは静脈注射ですませた。「震度二」はもはや望めない。さいわい、いつでも診て下さる親切なお医者にめぐり逢えたおかげで、何とか自宅療養をつづけられるのだった。

院内の混雑を避けて、たいていは午後に注射をうけに行くのが日課になっている。運転手の私は、なるべく平らな道を選び、徐行を心がける。後部座席の夫は、把手《とって》につかまり身を反らせて揺れを防いでいる。安静のために、必要最小限しか会話はしない。

きょうは、静脈注射だけで帰宅した。

夜になった。夕食後、夫は珍しく、

「調子がいいから、風呂に入ってみるかな」

と言った。多少不安だったが、笑顔で湯加減を見た。

私と夫の枕元にはインタフォンを置いている。ちょっと手を伸ばせばラクに話ができるのだ。夜半に、それが〝ギ、ギギッ〟と妙な音を立てた。びっくりして飛び起きたが、そのまま音が止んだ。もしや、と心配になり、懐中電灯を照らし、泥棒のように足音を忍ばせて病室の前へ行った。しばらく振りの入浴でさっぱりしたせいか、規則的な寝息が聞こえてきた。寝返りを打った拍子に手でも触れたか。夫はほとんど毎晩くすりのご厄介になって眠っているのだ。私はふたたび息をひそませてそろりと階段を下りた。

風もなく、静かな夜更けであった。七十代半ばの私たちには、一日一日が、かけがえのない、大切な時間なのである。あしたのことは、あしたにまかせるしかない。ともあれ、きょうの日を平穏に過ごさせて頂いたしあわせに感謝して、私はベッドの中で眼を閉じた。

散歩みち

伊東に住んで八年になるが、足の悪い私は分譲地の中も車で素通りするだけだった。しかし、数カ月前に一念発起して、毎日千歩以上歩くことにしたのである。幸い、この辺はほとんどが別荘で、まだ空き地や雑木林も多い。山林に道をつけたかのような台地だから、どこもS字状の坂道で見通しがきかなかった。両側に等間隔に椿が植えられた歩道のある道路は、車はもとより人通りも少ない。

トシの弱りは何とも仕方のないものだが、せめてもうしばらく自分の手で炊事洗たくのできる体でいたいと願っている。それには、まず歩くのが一番だと友だちに教えられた。かかりつけの医師に相談すると、

「心臓も弱っているし、背骨も狭窄しているんだから、せいぜい五百歩くらいですかな」

と言われた。いや、それだからこそ、と私は散歩の実行を決めた。

Tシャツにジパン、杖をついてヒョコタンヒョコタンと歩く姿はどう見ても無格好だが、

当の私にはその散歩がだんだん楽しみになってきた。夕食の仕度までの時間を考え、病床の夫の様子をうかがって杖を持ち、腰の万歩計をゼロにしていそいそと出発する。左隣りも別荘だが、ちかごろはご夫妻で常住しておられるようだ。左手向こうの林を一周して戻ってくると約九百歩。家の前でひと思案して、さらにこんどは右へゆるい坂道をおりる。空き地に群生しているドクダミの白い小花が可憐である。草ぼうぼうの一画に踏み込むと、つぅんと快い土の匂いがした。立木の中の洒落た三角屋根の家を見て右へ、温泉のポンプ場の前をまた右折すると、石段の上にひっそりと大きな家が見える。ある日。そこで杖を止めると、向かい側から人が出てきた。

「お歩きになれていいですねぇ。家内は骨粗鬆症で動けないんですよ。そのうち、乳母車にでも乗せて外の空気を吸わせてやりたいと思ってます」

半白痩身の優しそうな人であった。

「家内は牛乳が嫌いですからねぇ」

と呟いたりした。引っ越してきたばかりだという。

虫の声に秋の気配を感じ初めた日であった。歩くということの不思議な魅力にとりつかれた私は、はじめての道に挑戦したくなってコースを変えてみた。家の裏の桜通りを下って小さな公園を過ぎた。上り坂だった。広い庭のある家からかすかに金木犀の香りが漂ってきた。息をついでいると、その奥のこぢんまりとした家から花柄ワンピースの背をシャンと伸ばした老女が出てきて、

「降りそうになってきましたねぇ」

と言った。色白で、栗色に染めた髪をきれいに束《たば》ねていた。

「三年前に主人がぽっくり亡くなりました。私は淋しくて、淋しくて……。横浜から子どもがきてくれては、あちらで一緒に住もうって言うんですけどね、私はやっぱり主人と暮らしたこの家がいいって断わってるんですよ」

八十歳を過ぎた、と自己紹介して、

「あなたはまだお若いようだから」

と親しげに私を見た。そこで彼女は、

「主人が三年前にぽっくり亡くなりましてねぇ」

と繰り返した。そのとき、遠くから救急車のサイレンが聞こえてきた。ベッドで酸素吸入をしている夫が心配になった。

「ごめんなさい。またお目にかかります」

と、私はポツリと落ちてきた雨粒にもせかされて老女と別れた。家の近くの大きな別荘の前に黒い外車が停まっていた。つば広帽子の若い男女が大声で話しながらトランクからゴルフバッグを取り出している。「こんにちは」と声をかけて擦れ違ったが返事はなかった。家へ着いて万歩計を見ると二千四歩であった。

いくさ世《ゆう》を生きて

戦前に沖縄から東京へきていた同級生の消息を求めて、私は一九七八（昭和五十三）年に初めて那覇空港に下りた。その夜から五日間泊めてもらった知人の経営する特別養護老人ホームには、地上戦の生き残り百人が暮らしていた。日常茶飯事として話される体験談にショックを受けた私は、それから度々沖縄へ通うことになる。

二十年近い間にはいろいろなことがあった。十四歳で地上戦に巻き込まれたノブ子さんは、子どもを育て上げてから再び戦場の血のにおい、艦砲の音の幻聴におびえて眠れなくなり、一九九二年に遂に亡くなった。彼女と同年で、摩文仁《マブニ》の丘に近い米須の農家に生まれた久保田エミさんは健在で、戦後五十年を過ぎた現在も大きな土饅頭のような魂魄の塔の前で花を売っている。一九四五年六月二十日、戦場になった村を逃げ回った末に入った壕で、彼女は「どうせ死ぬなら、最後に明るい空の下で腹いっぱい水を飲んでから」と夜明けを待たないで海の方へ歩いた。振り向くといま出てきた壕が真っ赤に燃えていた。爆弾でやられたのだ。人間の肉片が飛び散り、血しぶきの上がる壕の入り口をみて茫然と立ちつくした。

その時アメリカ兵に捕らえられた彼女は、収容所を転々とした。二年後にようやく解放されて村へ戻ると、道も畑も戦車で礫きならされていて、その下にはギッシリと死体が埋まっていた。エミさんたちはまずそれをツルハシで掘り起こしモッコで今の塔の下へ担ぎ込んだ。日本人もアメリカ兵も老人も子どもも、容積を減らすために衣服を脱がせて拝んでから葬ったという。

エミさんは優しいご主人と九人のお子さんに恵まれ生活は安泰だが、復帰前から同じ境遇の大屋初子さんと二人で一日も休むことなく苔むした魂魄の塔へ通い続けている。どうしてもそこから離れる気持になれないそうである。八十日間に十五万人余の県民を犠牲にした地上戦の傷痕は、半世紀経っても決して消えてはいない。

若い人たち

いつのまにか大変なトシになってしまった。満七十六歳である。しかし、私は厚かましく、そして慎重に毎日車を運転している。足の悪い私には、松葉杖代わりの必需品なのだ。

望月《もちづき》さんという三十歳のディーラーが、ときどき訪ねてきては「調子はどうですか」と車を診てくれる。じつは、三年前に買い替えたとき、同じ排気量なのにサイドブレーキが足踏み式になっていた。私の車は左アクセルのペダルが加わるので、ペダルが四つになって扱いにくい。機械に強い彼は、苦心してサイドブレーキ式に装備を変えてくれた。初めての経験だといったが、その後何の支障もなく乗っている。当時、彼には恋人がいた。ようやく彼女の両親にも許されて最近めでたく結婚した。花嫁はかわいい看護婦さんであった。

ある日、立ち寄ってくれた彼に、私はふと玄関脇の庭木が一部枯れたのを指して言った。

「みっともなくて困っちゃった」

すると、

「そうですね、よかったら僕の父に話してみますよ。植木の手入れはうまいんです」

長い入院で好きな庭いじりのできなくなった夫が気に病んでいるので、私は飛びつく思いで頼み込んだ。タクシー会社勤務という彼の父上は、休日をつぶして生け垣をさっぱりと刈り込み、庭木の部分枯れも目立たないように落として丸く笠型に整えてくれた。無口だが、玄人並みの腕前だった。作業を終えて屋根を見上げた彼が、

「あ、ひどい亀裂ですねぇ」

と外壁を指した。先年の群発地震でヒビが入っているのだ。何カ所もあるそれを、かねて夫は雨洩りしないかと恐れていた。

「息子の同級生にペンキ屋がいるから、割れ目をふさいで塗るように言ってみましょうか」

ありがたい話であった。しかし、ペンキはにおいが強い。肺気腫の夫は近く一応退院するつもりでいる。それまでに、つまり早速取りかかれるものなら、と無理を言ってみた。
三、四日後に、ディーラーの望月さんが塗装業の同級生を連れてきた。斎藤さんという、きびきびと身の軽そうな人だった。話が決まると、翌日から四、五人で足場を組み始めた。
職人さんの一人が、

「何だか急ぎの仕事だそうですねぇ。前のお客さんには待ってもらうってことになったんですよ」

と首をひねった。

思いがけなく、夫の入院中に気がかりだった家の修理ができた。外壁が生まれ変わり、カラーベストの屋根も塗り替えて雨洩りの心配がなくなった。剝げている藤棚もサービスで塗ります、と言った斎藤さんは、その翌日、ハシゴとバケツを持ってやってきた。

「退院なさるのに窓ガラスもきれいなほうがいいでしょう」

と、リビングの吹き抜けの高窓まで上って、外からだけでなく、内側からも磨き始めた。そのとき、グラグラッと家が揺れた。終息したはずの伊東沖地震である。私は、

「下りて！」

と叫んだが、彼は、

「ああ、また揺れてますねぇ」

と手を動かしつづけた。

頼まないのに、職人さんが郵便受けの不安定な支柱に杭を打ち込んでおいてくれた。ガラス拭きのあと、斎藤さんはそれを塗り替えて頑丈に固定させた。すっかり暗くなってい

た。

「これからは、何かあったらいつでも電話してください、すぐ飛んできますからね」と斎藤さん。

何の縁故もない伊東市へ移り住んで八年になる。しかし、本屋さん、酒屋さん、クリーニング屋さん、車のディーラーとそのご家族、ペンキ屋さん、そして近くの親切なお医者さんなどなど。若い人たちに囲まれて、病夫を抱えた老女の暮らしがずいぶん心強くなった。

島の人

その、東京・御茶の水にある眼科病院の待合室は、きょうも患者でごった返していた。年配の人が多かった。やっと腰を下ろしたものの、いつ名前を呼ばれることやら、と、あたりを見回して思わず溜息をついた。ふと視線が合った隣りのひとが、私に「お宅は何時ごろいらっしゃいましたの」と言った。

「十時ちょっと過ぎでした。伊東からきたものですから」

「あら、私は大島ですのよ」

伊豆の大島は東京都だけれど、船で熱海へ上がって新幹線で、ということだった。私も伊東線から熱海で新幹線に乗り換えてきた。

「波浮《はぶ》の港って、歌でしか知りませんけど、すてきなところでしょうねぇ」

「住めば都でしょうか、四十何年も暮らしてますけど、最初は大変でしたよ。吉祥寺《きちじょうじ》の駅前で育った私が、ひょんな縁で電気もガスもない島で百姓することになったんですもの」

「じゃ、戦後の、あの食糧難の時代ですか」

「私は、初めての子どもが生まれる前に夫が出征して戦死してしまいました。再婚で島へ行ったんです」

「失礼ですけど、お生まれは、昭和、それとも大正の終わりくらいかしら」

「大正も半ばの、八年ですわ」

「ま、私も大正八年」

私たちは、無言で、ただ互いの上気した皺の頬を見つめ合った。

彼女は単なる白内障ではないらしい。私も網膜色素線条からの黄斑部《おうはんぶ》出血というややこしい病名を頂戴している。出血部位がわるくてレーザー光線で灼く手術もできない。止血剤の服用と自然治癒力で吸収されるのを待つよりないが、生涯傷痕は残るだろうと宣告されていた。つまり、左眼だけ多少物がゆがんで見えるのはもう治らないということであった。

そのうち、目鼻立ちのくっきりとした中年婦人がきて、隣りのひとと何やら小声で話してから静かに立ち去った。

「娘ですのよ」

「え?」

「いえね、先妻の子で、私と十《とお》しか違わないんです。東京にいるもので、私のことを心配してきてくれたんです」

「まぁ、うらやましいお話」

きまりわるそうに含み笑いをした彼女は、「何だか、おないどしと分かったら、古ゥいおつき合いのような気がしちゃって……」と肩を寄せてきた。

敗戦後、空襲の被害を免れた彼女の家に神田の学校へ通う女学生を下宿させた。その縁で、のちに女学生の父親と再婚することになったというのである。海を隔てた島へ嫁《い》くなんて、と周囲からは猛烈に反対された。

「苦労はありました。でも、縁ですわねぇ」

同じ東京生まれの私も、敗戦後の住宅難で、茨城、いわきと移った末に東京へ戻ったが、さらに埼玉へ引っ越し、いまはまた何の縁故もない静岡県伊東市に住んでいる。

「じつは、主人の四十九日をすませたばかりですの。ながい間の疲れが眼にも障《さわ》っているのかもしれません」

暖房のきいた待合室には数えきれないほどの人がいる。それぞれが複雑なドラマをかかえているのであろう、とあらためて見渡した。

「ハイ」

彼女が返事をした。呼ばれたのである。腰をかがめて「またお会いしたいですね」と立った背中が心もとなげに揺れていた。

小さな手術

このたび、私は右手くすり指の腱鞘炎《けんしょうえん》が悪化して、指が伸ばせないだけでなく常時痛むようになったので手術をうけることにした。ずっと以前にも、背中の血管腫や同じ手の親指と中指の手術もしていただいたお医者に電話でお願いしたのである。ただし、その病院は福島県いわき市。私が住んでいるのは静岡県伊東市。だが、たとえ指一本の小手術でも、どなたにお任せしてもいいというものではない。

戦後の再疎開で十三年間も住んだ町だから何度となく車で往き来していた。しかし、今度は諦めて東京駅から高速バスのご厄介になった。午後一時半にいわき駅前へ着くと、そこには旧知の和田文夫《あやお》さんが待っていてくれた。

診察をすませたお医者が、

「じゃ、三時から手術をしましょう」

と言った。つらいことは早くすませたほうがいい。いや、家にいる夫の容態がもし悪くなったら帰らなきゃならない。看護人の私にはいっときの時間も惜しかった。お医者はそういう事情をよくご存知なのである。病室で手術を待つという和田さんは、

「いっそ、手首から先をそっくり部品交換できるといいのになぁ」

と冗談で私を送り出した。

広々とした手術室の真ン中で、私は手術台の横に張り出された金属板の上へ右手を差し出した。無影燈が点いた。

「麻酔の注射がちょっと痛いけれど、ましおさんは慣れてるから大丈夫ですよね」

とマスクのお医者が私に声をかけた。髪こそ少々薄くなったが、いつまでも変わらない童顔だった。私はほほえみ返してうなずいた。注射針が入った。ギクリギクリと肉を裂いて深く入っていく。痛いッ！　だが、確実に少しずつ痺《しび》れていくのが分かった。止血のために、上腕部がきつく締め付けられていた。

「コレ、痛いですか？」

「いいえ」

やがて「肥厚《ひこう》だけではなくて、ひどい癒着ですよ」

とお医者の声がして手術が進められている様子。手術室の入り口に、きょうが初めての手

術見学だという新人看護婦さんが立っていた。ベテランが「怖くなったらしゃがみなさいよ」と教えている。私にはもう痛みはなかった。何やらコクンコクンと強く引っ張られる感触が伝わってきた。縫合であろうか。そんな気配にいつか全身の力が抜けていった。

私はこの手術をうけたいためにひと月も前から準備をした。さいわい、肺気腫患者である夫の病状は安定していた。しかし、万一の場合には救急車を呼んで入院できるよう、ボストンバッグにパジャマや肌着、洗面具などを詰めた。鼻から酸素のチューブを引いて庭へも出られるようになった夫は、

「俺のことは心配するな、留守中の付き添い人なんか煩わしい」

と威勢よく言った。

初めは、手術後三日くらいで一度夫の様子を見に帰る予定にしていた。ところが、右手に杖をついたりしては傷口がはじけてしまうという。仕方なく抜糸まで入院させてもらうことにした。毎日夫と電話で連絡をとったうえでの話だが、この際ギプスの型をとり、腰痛のための装具も作ってほしい。そして、さらに欲が出た。抜糸までの間に内科で心臓と胃袋の検査をうけて（内科のお医者も顔馴染）持病の修理点検ができないものだろうか。

どうやら手術は終わりに近付いたらしい。まずは念願成就である。おそらく、金属板の

上の掌からは血が流れているだろうし、お医者の表情は真剣そのものにちがいない。申しわけないが、私はすっかり安心したせいか、そのとき不覚にも、うとッとまどろみそうになった。

国際電話

数日前の午後、ニューヨークから電話がかかってきた。久光さんである。

「あ、酔っぱらってるわね」

「ハイ、いささか酩酊してます。こちらは真夜中です」

「元気でよかった。心配してたのよ」

「母ちゃんよ、ボク、おん年六十二歳になっちゃった。リタイアしないうちに早く遊びにきてくれないと、あちこち案内できなくなる」

「前にも話したはずだけど、お父さんが肺気腫で酸素吸入を離せないでいるから、旅行どころではないの」

う ー、と唸った。酔いが回り過ぎたか、話の意味が通じないのか。

彼とのつき合いは、戦後、私がまだ彼の故郷・いわきに疎開中からなので、四十年ちかくになる。彼が大学生だった昔、東京で小遣いを使い果たし、平（現・いわき）駅から私の家まで歩いてきて貧しい食事をしたのち、在所へのバス代をねだったこともあった。彼の父上は町役場の収入役で、代々つづく素封家《そほうか》である。

いつか、彼は私を胡摩沢《ごまざわ》（当時住んでいた町名）母ちゃんと呼ぶようになっていた。やがて、私たちは東京へ戻り、卒業後思わしい職を得られなかった彼は、一九六三年にアメリカへの移住を決めた。出発の日、羽田へ見送ろうとした私はバスに乗り遅れて間に合わなかった。モノレールは翌年に開通した。その後彼は、アメリカで服飾デザイナーをしていた東京生まれのひとと結婚した。どういういきさつであったかもう忘れたが、私はその美代子さんの実家を訪ねて御母堂にも会っている。

彼は、いわき市の生家に用ができて帰国すると必ず私の家を訪ねてくれた。何度か転職したのち、レストランの経営に成功して、広い道路に面した店の写真を送ってきた。美代子さんはいまも現役のデザイナー。お子さんはいない。

あれは、夫が酸素吸入のご厄介になる直前であった。久光さんご夫妻が親戚の葬儀に帰国したといって突然顔を見せた。うれしかった。台所でうろうろしている私のうしろから、彼が「母ちゃん、それ、ボクにご馳走してよ」と細長い腕を伸ばした。前日のおかずの残り、キャベツと油揚げの煮物だった。

「アラ、お料理のプロにこんなの恥ずかしい」

のっぽの彼を見上げて小鉢を引っ込めようとするより早く、ひと箸つまんで口へ入れた。

「うまいッ。ボクはこういうのが食べたかったんだ」

そんな彼に、ショートカットの似合う美代子さんが微笑を向けた。

翌日、私の車で、伊東の小室山《こむろやま》公園へつつじを見に行った。五月であった。ふと、彼が「リタイアしたら、ボク、伊東に住みたいなぁ」と呟いた。美代子さんも大賛成だという。冗談だと聞き流していると「売り家はないか」と身を乗り出してきた。不景気だから、この台地にも物件はいくつもあった。しかし、彼はアメリカに比べて高価すぎる、と溜息をついた。けっきょく、今年の夏になって、思案の末に老後はハワイに住むことにしたと言ってきた。次男坊ではあるが、なぜか、いわき、という言葉は出なかった。アメリカ暮らしが三十数年にもなるご夫妻である。私たちには分からない事情もあるのだろうと思った。

電話の声がちょっと跡切れたあとで、彼が「ねぇ、母ちゃんよォ」と語尾を上げた。

「なるべく早くニューヨークへおいでよ、ね。待ってるからね。じゃ、おやすみなさい」

久光さんには、折れ釘のように曲げた肘を上げて箸を持つ癖がある。私は、そんな彼に会いたい気持をもて余して受話器を握りしめた。

冬桜

昔、むかし、学校で教室の席も近く、仲の良かった友だち二人が、伊東へきて喜寿の祝いをした。といっても、ただ顔を合わせるだけでご馳走はない。偶然だが、誕生日も同じ月の、十日、十二日、十八日とつづいている。

しかし、一九三八（昭和十三）年に旧制の女専を卒業した私たちは、戦中、戦後の長い歳月、互いの消息を知るすべもなかった。沖縄県出身の静さんを探して、つてを求め、新聞社にも頼んだがみつからない。諦められなくて、一九七八年に沖縄へ行き、もう一度だけ、と泣きついた沖縄タイムス社でようやく尋ね当ててくれた。結婚後、横浜に住んでいたのである。あの地上戦をのがれて生きていたのだ。うれしかった。ほんとうに久しぶりだったが、会ったとたん、両方がすぐ分かって飛びついた。学生時代には松葉杖をついていた私が、手術で杖が取れて車で駅へ迎えに行ったので、彼女はうるむ眼で声をつまらせた。

東京生まれのタイ子さんと再会したのは、一九六〇（昭和三十五）年であった。ひょんなことから、私の貧乏暮らしが写真入りで婦人雑誌の記事になった。それを美容院でパーマネントのおかまをかぶっていて読んだタイ子さんが、その足で出版社へ駆け込んだという。当時、彼女は音羽《おとわ》に住んでいた。いまは狭山《さやま》市に娘さんご夫妻と同居している。二人はすでに未亡人である。

きのうの雨が上がって陽射しが暖かい。車で伊東駅へ行くと、彼女たちは同じ電車から降りてきた。そのまま、まず私の家に近い大室山《おおむろやま》の桜の里へ冬桜を見に行った。目の前に、ふくよかな女の胸に似た山容を仰ぎ、青空に浮かぶ雲を追って、三人は畳ほどの平たい石に腰を下ろした。静さんは赤いコートに黒の帽子、太り気味のタイ子さんは地味な黒白チェックのスーツ。だが、声はタイ子さんのほうが格段に大きく〝アッハッハ〟と屈託なく笑う。

「変わらないわねぇ」とつられてほほえむ静さんは、癌のご主人を何年も看病したという。

「あ、ヘンなことを思い出したわ」

とタイ子さん。

「あれは卒業の前の年だったかしら。私は教会の牧師さんにしつこくつきまとわれるし、悦子さんは家具屋で本箱を買ったら抽出しにラブレターが入ってたって、二人してずいぶん悩んだじゃないの」

「アラ、まあ！」と、静さんが初めて声を立てて笑った。

「でも、ね、こうして七十七まで生きて思い出話ができるのはありがたいことだわねえ。悦子さんなんか弱虫で痩せっぽちだったから、とても長生きできないと思ったもの」

アッハッハ、と笑うタイ子さんに、

「そうね、自分でも信じられない」と私は相槌を打った。

「私ばっかりじゃないわね。戦争も、戦後の食糧難も夢中で切り抜けて、みんな苦労したんだけれど、過ぎてみればあッというまの五十何年だった。三人集まると、まるでハタチの娘に戻ったみたいね」と大きな眼の静さん。

「それにしても、トシをとれば、少しはましな人間になれるものかと思ったけど、どうして、どうして、七十を過ぎてもまだ、つまらないことに腹を立てたり、いらいらしたり、私ってちっとも成長しない。情けなくなるわ」

私がつい本音を吐くと、静さんが「それは、お互いさま。無理して自分を飾ってみても虚しいだけよ」と呟いて、淡紅色の小さな花々をつけた桜樹の群れに視線を移した。そして、とつぜん頓狂な高い声を出した。

「ねぇ、トシをひっくり返して考えましょうよ。八十になったら、十八。もし、八十二まで生きられたら二十八、ね、いいじゃない？」

茶髪の美青年

近くのスーパーで買い物をして帰ると、酸素吸入の長いチューブを引っ張った夫が庭から上がってきた。

「芝生の隅っこが水浸しだ」

行ってみると、芝生が二メートル四方くらい水をかぶってキラキラと陽に輝いていた。手を触れると意外にも温かい。

「ねぇ、もしや庭に温泉が噴き出た、なんて」

「バカな、ボーリングもしないで温泉が出るもんか、早く水道屋に電話しろ」

夫は最近声を出すと呼吸がよけいに苦しくなるようで、足をとめて背を丸めた。

水道屋の返事は「あしたまで行かれません」と素っ気ない。まだ正月気分の抜けない、一月七日のことである。無理もなかった。

正午にちかい。私は気持を落ちつけてお湯を沸かそうとした。ガスが止まっている。

「危険だから、ガス屋が先だ」

夫が苦しそうに眼を剝いた。

「あ、それはガス会社へ言ってください。うちは電気屋の鈴木です」

私はあわてて住所録の一行違いにかけたらしい。そういえば長年使ったエアコンの調子も狂っていた。ことのついでにその修繕を頼んで受話器を置いた。ガスは電話での指示通りに安全装置を操作したら元に戻った。

ほっとして唾を飲み込んだ私は、一昨年家の外装をしてもらったペンキ屋さんに電話をしてみた。さいわい、同級生に最近独立した水道屋さんがあるから紹介するという。午後一時。静かな物腰の篠原さんという人と、ハタチくらいで色白のハンサムボーイが現われた。私は一瞬眼をパチクリした。うちの庭先には不似合いな、格好よすぎる茶髪の青年なのだ。

「これは、縁の下の給湯管が腐蝕して破れたんですね。湯沸かし器を通したお湯が出っ放しになったのでガスの安全装置が働いたんです」

ハテ、としばし考えていた篠原さんは、縁の下の古い鉄管を修理するのは無理だから、外壁沿いに新しい管を埋めましょう、と早速作業にかかった。風呂場も台所もお湯が出なくなった。いつも何の気なしに使っているお湯だが、止まってみると手も洗いにくい。

三時にお茶の仕度をして庭へ出ようとすると、青年がさっときてお盆を運んでくれた。

「お正月早々に飛び入りの仕事でわるいわねぇ」と言う私に、彼は「いえ、仕事を頂けるのはありがたいことですから」と微笑を返した。

夕方には給湯管の工事が完成して、切り取った芝生はきれいに戻された。じつは、昨年末から浴槽の排水も悪くて困っていた。篠原さんは〝つづけてやりましょう〟と引き受けてくれた。

翌朝八時。「いまから仕事にかからせていただきます」と青年が顔を出した。篠原さんはあとからくるという。排水のマスを一つ新しく入れるので、とすぐに掘り始めた。水色のオーバーオール姿の青年は黙々とシャベルを使った。絵になるような、働く姿である。

やがて材料のパイプなどを持ってやってきた篠原さんが「おう、もうそこまで掘れたか」とさりげなく言って青年に近づいた。何という爽やかな人たちだろう、と私は家の老化現象で大変なのも忘れてすっかりうれしくなった。

午後三時。「全部終わりました」と玄関で声がした。そのとき、座敷でご主人を亡くされたばかりのお客様と話し込んでいた私は「アラ、ご苦労さまでした。お茶にしてくださいー」と立っていった。小型トラックにはすでにエンジンがかかり、笑って手を振る篠原さんのうしろで茶髪の青年が深々と頭を下げて車に消えた。

古女房

私は毎日十五分間ずつ散歩をしている。ゆるいアップダウンと曲折の多い道の両側には、高い石垣や広い芝生のある立派な家が見える。かどの台は別荘地なので滅多に人には会わない。

昨秋の或る日。少し息を弾ませて坂を上ると、右側の道路沿いで丸顔の小柄なひとが白い車を洗っていた。六十代半ばであろうか。酒屋がビールを運ぶ、あの赤いプラスチックの箱に乗って車の屋根を磨いているのだ。

「まァ、ピカピカですねぇ」

私はいつも自分の車の手入れを怠けている。

「ホ、ホ、ヘンな恰好でしょう」

石垣の下、U字溝なりの細い空き地に菜っ葉が一列、あおあおと育っていた。

「いないとき、鳥につつかれちゃってねぇ」

そこへ、温和な表情のご主人が下りてきて「家内は山歩きや畑作りが好きなんですよ。毎週金曜にきて日曜に東京へ戻るんですが、ボクは軽い糖尿病があるんで、専ら家内に乗せてもらってます」と眼尻に皺を寄せた。

冬枯れの日。坂道の途中でひょっこりご主人と出会った。

「家内が淋しがってますから、どうぞどうぞ」

人なつっこい口調に誘われて石段を上ってしまった。玄関前に荷車の車輪が二つあった。

「お百姓に古い牛車のを頂いて磨いたんです」

趣味人のようである。重厚な応接セットのあるお部屋の隣りが広い和室。見ると、道具箱と畳一枚より長い細工物が置かれていた。それは、花壇あり、駅舎らしき建物あり、レール、信号機、踏切りまである、特大で精巧な模型であった。いろんなポーズの人形も配置されている。私はふと北海道の風景を思い出した。

「いや、想像だけで作ってます。一応全部八十七分の一です。材料はドイツの物ですがね」

ご主人は相好を崩して説明を加えた。

「しかし、この道楽が家内の気に入りません」

「そうですよ。埃は立つし、ゴミは出るし」

夫人はなかなか手厳しい。

明けて、立春のころ。車の前にぼんやり立っていた夫人が、私を見て手招きをした。

「ちょっと見てくださいな」

車の前輪の上にわずかな擦り傷があった。

「主人はまだ知らないんですけど、何だかんだ言われたくないから内緒で修理しなくちゃ……」

私がうちから研磨剤を持ってきましょうかと言うと「騒いでると気付かれるからダメ」

と首を振った。夫人は大きな眼を向けて「そのへんまでご一緒しましょう」と突き当たりの雑木林のほうへ歩き出した。林を右に見て左折し、坂を下りて温泉のポンプ場の音を聞きながらまた左へ曲がる。夫人はほとんど無言。

私にも、彼女と似た経験がある。夫の入院中、見舞いに行って駐車場へ戻ったとき、右側のドアがへこんで濃紺の塗料がべったり付いていた。家へ帰ってディーラーを呼ぶと、親切な彼はけんめいに塗料を落とし、ドァの凹みを内側から圧力をかけて目立たぬ程度にしてくれた。

「やっぱり、私もうちの関白さんには黙ったままです。言えばややこしくなりますから」

「男の人は女房と一心同体だと思いたいようですけど、違いますよねぇ。何十年経っても、お互い、相手の病気の苦しさも心の奥底もほんとうには分かりません。いくらか察しがつくようになったくらいで、全く別の人間ですわ」

「アラ、お宅様ほど仲のいいご夫婦でもですか」

「ハイ、ハイ、外見だけですよ」と夫人は苦笑して頓狂に唇を尖らせた。いや、ひょっとすると、亭主族はすべてを知っていて、古女房には知らぬ振りをしているのかもしれぬ。どちらでもいい。いまのところ天下泰平なのが何よりである。

片眼片足

私は四歳のときに小児マヒを患って右足に後遺症がある。その後もジフテリアだの腹膜炎だのと病気の問屋だった。しかし、敗戦後の貧乏暮らしは何とか切り抜けて、東京オリンピックの年に発見された癌も早期の手術で救われた。ただし、眼と歯だけは一人前だとひそかに自負していたのである。

歯はいまも二十二本あるとか。かかりつけの歯医者さんに〝八十になるまでこのままだと表彰もの〟と言われた。あと、二、三年である。ところが、眼のほうが危なくなってきた。

私は若いときから眼性《めしょう》は上等と己惚《うぬぼ》れていた。瞼さえひらけば物がはっきり見えるのはあたりまえ、と思い上がっていたのだ。

それが、一年余り前から右眼をふさぐと縦の線がゆがんで見えるようになった。東京の大病院で診てもらうと、網膜色素線条《もうまくしきそせんじょう》からの黄斑部《おうはん》出血という病気で治療法はないとのこと。昨年十一月に、左眼は中心部の出血で視力ゼロになった。そして、右眼にも異常血管があるので、いつ出血して左と同じ状態になるか分からない、と眼底カメラの写真を見せられた。

右眼をつぶって机の上にある電話器を見た。いくら顔をうごかしても文字盤の数字が見えない。ボタンを押すすべがないのだ。手の爪を切ろうとしたが、爪の先を見据えようとすればするほど、そこが黒い膜で覆われてしまう。漠然と周囲の明かりは入るし、物の形も不確かながら見分けられるから、失明ではない。だが、視界の中心部が暗い眼球は役立たずである。一万円札と五千円札の見分けもつかない始末。

それからの半年余り、右眼も視力ゼロになった日のために身辺整理をしてきたが、どう考えてもいまのままの日常生活は無理だと悩んだ。六年来肺気腫を患っている、夫の看病もできなくなる。

最近、いわき市に住む旧知の夫人が、強度の白内障を手術して眼鏡なしで裁縫ができるようになったと聞いた。網膜剝離で失明寸前だった甥御さんが、手術後はラクに本が読めるという。私は病名が違う。だが、そのお医者に一度診ていただいてから諦めても遅くはあるまい、と心を掻き立てて旧知に相談した。

東京駅から高速バスで三時間。かつては私も自分の運転で数知れず往復した道路だが、ちかい日にこの景色も見られなくなるのか、とおぼつかない眼で窓外を見つめた。

家族です、と言って旧知が診察に立ち合ってくれた。左眼はやはり絶望とのこと。しかし、右眼は蛍光《けいこう》眼底撮影の検査結果によって、異常血管が中心部を外れていれば、白内障の手術で視力回復の可能性大だと診断された。

思いがけなく希望の光りが射した。

一週間後。私は祈る気持で再びいわき市へ行った。旧知に付き添われて診察室へ入ると、五十代半ばにみえるお医者が「大丈夫ですよ。白内障の手術は一〇〇パーセント保障します」と静かに断言された。私は思わず「ありがとうございます」と掌を合わせた。

しかし、とたんに大変な欲望が顔を出した。近い日の免許更新までに手術をうけて、車の運転をつづけたい。視力が〇・七あれば、片眼でも許可されると聞いている。手術の予約は来年までいっぱいだというが、私は事情を話し、何とか助けてください、と頼んでゆるされた。

その夜、旧知の家で御馳走になった、夫人心尽くしの天ぷらのおいしかったこと。そして、弾む会話のなかでも、夫人の手術体験談が頼もしく、更けるのを忘れていた。

ゴメンナサイ

このところ、私は東京・虎ノ門の歯科医院へ通っている。伊東から鈍行で二時間半。歯の治療に毎たび特別急行に乗るなんてもったいないし、鈍行は地下鉄に乗りかえる新橋駅に停まるので都合がいい。

体は弱いけれど、いや、これも体のうちにはちがいないが、歯だけはまだ全部自前なんです、と威張っていた。ところが、去年あたりから、嚙み合わせが強すぎるほど丈夫なはずの歯にも、それなりの妙な故障が起きてきた。むずかしい治療になったのである。

予約は、いつも午後の診療開始・二時三十分ときめている。しかし、ぴったりに着く電車がなくて、一時間半のヒマつぶしが悩みのタネだった。昼休み中の医院は、ガラスのドアが固くしまっていて、そこに見えている待合室に入れない。

ある肌寒い日のこと。私はまず四、五軒先の書店で、帰りの車中用にごく薄手の文庫本を一冊えらんだ。そして、何となく棚の背文字を追っているうちに、欲しいっ！　と思う本に出会って唾をのみ込んだ。足弱で荷物と階段が苦手の私は、ハンドバッグの中身を紙一枚もうかつにはふやせない。本を撫でさすり、版元をしっかり覚えて、棚へ戻した。レジからすべての客を見渡せる店であった。温かい所で三十分も遊ばせてもらったことを感謝して、小銭の支払いをすませた。

さて、昼食は食パン一枚と牛乳がやっとの私だが、しかたなくビルの一階にあるソバ屋へ入った。その二階が歯科医院で、隣りは高級レストラン。地階はマージャンクラブ。

「らっしゃーい」という声につられてテーブルにつくと、若い女店員が私をぐいッと睨みつけて入り口へ走った。ドアが半びらきのままだった。私の不注意で元へ戻りきらなかったのだ。思わず「アラ、ゴメンナサイ」とあやまった。返事はおろか、彼女は急行列車のように通過。あわてて「キツネソバをください」と背中に注文した。客は私ひとり。

「キツネ一丁!」

奥へ向かって、彼女は不機嫌な声をひびかせた。白粉《おしろい》っ気もなく、小柄で、かわいいショートヘア。十九かハタチの娘ざかりだが、なんとおっかない表情か、と私は首をすくめた。

油揚げの甘味を舌に残し、十分足らずで席を立った。時間をもて余しているのに、どうしても落ちつけない。レジは調理場の前だった。エプロンをひるがえした彼女が、私とすれちがいにキツネのどんぶりを片付けにきた。

「どうぞお持ち帰りください」

気がつくと、レジの台にのし紙をかけたタオルがあった。何のお愛想か知らぬが、その中年婦人（経営者か？）の頬もけっしてゆるんではいない。私のバッグは折りたたみの傘も入っていてすでに満杯。許されるなら、事情を話してご辞退したかったが、とてもそんな雰囲気ではないので、ありがたく頂戴した。

バッグに無理やり押し込むと、布の弾力ではみ出してしまった。タオルは結構です。せめて一瞬の笑顔をくださいと、私は風の吹き込むビルの通路に立って時間調整をした。

やがて、まだ麻酔の効いている口を押さえて医院からおりてくると、先刻の女店員が、その体ほどもある立派な犬と戯れていた。せまい歩道をわがもの顔にふさいできゃっきゃっと騒いでいる。犬に飛びつかれるのも怖いが、彼女と眼を合わせるのはなお怖い。体を左右にひねり、うつむき加減に難を避けて通り抜けた私は、駅へ向かってひたすらに歩いた。

失敗!

風のつよい日だった。

近くの診療所で順番を待っていた私に、同年配の老女が話しかけてきた。

「病人さんが、そんなに根《こん》をつめて本なんか読んじゃいけませんよ」

「はぁ」

「わたしはあとクスリをもらえばすむんだけど、タクシー呼んでもなかなかこなくてねぇ」

「あら、私はお注射だけだから、よろしければお送りしましょうか」

「えっ、あんたが運転するんですか、まあ!」

「足がダメだからですよ。お近くなんでしょう?」

「じゃ、わるいけどお願いしようかしら」

時刻は正午。私は、老亭主の昼食に、店を指定した〝いなりずし〟を注文されていた。

しかし、どのみち毎日が日曜日。ここでちょっとタクシー代りをつとめても大事あるまいと思った。

さて、診療所を出ると、彼女はスーパーへ寄りたいと言った。亭主の指定店にも近い。ままよ、と、にこやかに応じた。

買物は予想外に手間どった。大家族なのか、カゴに山盛りの食料品と、大包みのトイレットペーパー。見かねた私は、レジまで運ぶのを手つだった。私のほうは、いなりずしと夕食用のさしみ一人前、四半分のカボチャ。

あたふたと売り場へ逆戻りして袋菓子を三つ四つ追加した彼女は、私にそのひとつを差し出した。とんでもございません、と辞退して店の時計を見上げると、一時十五分すぎ。

スーパーの隣りがタクシー会社の営業所だが、一台もいない。彼女はしきりに気の毒がって、タクシーを待ってみると言った。だが、走りさえすれば、目的地は目と鼻の先。これは、車を運転する人間の思い上がりなのだろうが、とても「そうですか」と別れられない。

私は「どうぞ、どうぞ」と荷物ごと彼女を座席へ押し込んだ。ものの三分とはかからないで、シャレた家の玄関へ着いた。

「せめてお茶でも、とおもうけど、そろそろ嫁が帰ってくるじぶんなんですよ」

何やら事情がありそうだ。私も、もはやそれどころではなかった。どんどん荷物をおろし、早々にUターンした。フロントガラスに亭主の仏頂面がチラチラしていた。一時四十分だ。さぞや、と気が揉めた。

やっとわが家へ着いて座席を見ると、かんじんの〝いなりずし〟を入れた袋がない。あのとき、調子づいた私は、自分の買物までいっしょに運び込んでしまったのだ。

「おれはもう、うどんを煮て食った」

呆れ顔をあとに、ほうほうのていでふたたび車へ戻った。亭主は、私がどこへ買物を置き忘れたか、聞こうともしない。私も、説明がしにくい。だいいち、相手の名まえもわからず、番地も知らなかった。電話で診療所へ問い合わせたりすれば、たちまち露見して、亭主に何と言われるか。

うろ覚えのほそい道を辿って、無事、先刻の家が見えたときはほっとした。車を停めるか停めないうちに彼女が飛び出してきた。

「あんたが自分のぶんまでおろしたんですよ。わたしではないんですからね」

「ええ、ええ、ご心配かけてすいません」

「お礼はとってくれないし、買物は置いていかれちゃうし、どうしようかと思って！」

声をひそめた早口である。私の粗忽と、よけいなおせっかいが、彼女にはとんだ災難だった。ほんとうに申しわけない。血圧が上がったんじゃないか、と心配になった。

鈴

二、三日前。スーパーの駐車場に停めた車のキーがどうしても抜けなくなった。キーホルダーに付けた家の鍵《かぎ》の輪に車のキーの先を入れたままエンジンをかけたのだ。家へ帰ってディーラーを呼び、大切な品だから、何とかホルダーを傷つけないで抜いて欲しい、と頼んだ。

それは、昔、外科医の大河内一郎さんに頂いたもので、手摺《てず》れてメッキは剝げたが、いい音色《ねいろ》の鈴がついている。足の悪い私が五十歳を過ぎて車の免許をとり、初めて埼玉県からいわきへ行ったときのこと。脳梗塞を患って杖を持つようになった大河内さんが、門の外へ出て私の運転を見ていた。

「バックしてごらん」

御宅の横の細く曲がった道である。どうにか車庫入れを果たした私が、塀にもたれた彼に顔を向けると、拳で眼尻をこすりながら含羞《はにか》み笑いをしたが、あの大きな眼が濡《ぬ》れていた。

その後、看護婦さんの運転で北海道旅行などを楽しんだ大河内さんは「わっ、かさえ回せばどんなに遠くでも隣り町へ行くのと同ンなじだ」と言った。私はそのひとことを励みに、以来二十五年余、車を足代わりにしてきた。

一九六二（昭和三十六）年一月。私は大河内さんに右足首の固定手術をしてもらった。娘時代に東京で試験的な手術をうけた、そのときの石原さんという執刀医が偶然、大河内さんの同級生であった。その初期手術のあとを開いてみたいという。足首が外に傾いて歩きにくくなっていた。

私は「目隠しなんか要りません」と強がりを言って手術台に上がった。ふと見ると彼は私の足元で胸に手を当て、眼を閉じて一心にお祈りをしていた。その姿が今も眼に灼きついている。

私はもうすぐ七十八歳になる。伊東市は坂が多くて車なしでは暮らしにくい。最近眼も不自由になったが、いわきのお医者に白内障の手術をお願いして免許更新に備えている。親切なディーラーの手でキーホルダーは、無傷ですんだ。鈴の音《ね》が、大河内さんの声と重なって聞こえる毎日である。

電話

夫は、できるだけ手短かに用件を話すのが電話だ、と言う。そのとおりだ、と私も思う。しかし、何となく心淋しいようなときに机の上でベルが鳴ると、ほっと救われた気持で受話器に飛び付く。たまには間違い電話でがっかりすることもあるが、気のおけない友だちだったりすれば〝ありがとう〟とまずお礼を言いたくなる。たいていは、相手も急用があるわけではない。老いの繰りごとの、とりとめもないおしゃべりをするだけなのだ。

「膝が痛くって階段が難儀なのよ」

などと言う。

「アラ、私もおンなじよ」

と正直に弱音を吐く。それで互いに気が休まるのである。

じつは、意気地のない私は、ときどき、むしょうに友だちの声が聞きたくなるのだった。

電話が便利でありがたいのは、いくら綿々と手紙を書いても、文字では尽くせない、ある種の機微が表現できることである。しかも、同時に相手の反応が伝わってくる。

ただし、私は自分が電話をかけるときは、どうも思い立ったらすぐ、というわけにはいかなくて、いつもちょっとためらうクセがある。相手はどれほど忙しく、手の離せない仕事をしているか分からない。あるいは、深い考えごとをしていて、他人の声など煩わしいかもしれない。電話はひとつの暴力だともいえるのではないだろうか。そこで、一度取り上げた受話器をまたそッと元へ戻したりする。どのみち、相手方の都合は分かりっこないのだから、まったく意味のない気遣いなのだが、つい臆病になる。

電話というのは、顔が見えないだけにむずかしい場面もある。ハイ、という、まだこちらの名前を言わない先に返ってくる声の抑揚はさまざまだ。ごく親しい人の声が、別人のように響いてくるときがある。それは、きっと辛い時間にかけてしまったのだろう、と申しわけなくなる。

入浴中に、夫が「電話だよォ」と呼ぶことがある。彼の方式でいえば「ハイ、分かりました。どうもありがとうございました」と、何秒かで終わるわけだから裸でも一向に困らない道理なのだ。ところが、風呂場を飛び出して腰にバスタオルを巻き付けた私は、リビングでいそいそと受話器をとる。あっさりわけを話して「あとでこちらからかけます」と言えばすむのだが、なかなかそうはいかない。「いま裸なのよ」と言って相手に気の毒がらせるのも悪いなぁと思うし、だいいち、そんな姿を想像されるのは恥ずかしい。そして、ふたことみこと話すうちに興が乗って中断するチャンスを失い、片手で濡れた体を拭きながら受話器にしがみついている。やがて、がまんしきれなくなって大きなクシャミを連発する始末となる。

今夜も横浜に住む同級生と長電話をしてしまった。彼女はご主人が癌で亡くなって五年、マンションでのひとり暮らしをつづけている。

「きょうもね、秋夫が買い物をしてきてくれて夕飯をたべていったの。あの子はまだ独身だし、アパートも近いから、ほとんど毎日くるのよ。私ひとりなら有り合わせですませちゃうけど、そうもいかなくてね。糠味噌漬けたり、里芋煮たり、忙しいこと……」

「でも、あなたは偉いわ。七十八になってもおふくろの味を作ってるんだもの。その元気は、きっと秋夫さんのおかげよ、羨ましいわ」

「そうかもしれないわねぇ」

と彼女は明るく笑った。

受話器を置いた私は、友だちとの会話で心がほぐれたはずなのに、気がつくと、もっと話したい、と暗い天井をじっと見つめていた。

老友

鈴木かず子さんは、私より五歳年下。だが、七十歳を過ぎていても、ボーイッシュな髪型、痩《や》せて小柄、中高《なかだか》の整った顔立ちなので十歳は若くみえる。

彼女とはふしぎなご縁があって、私は六十年ほど昔にその父君を知っていた。詩人で、ある投稿誌の選者であった。私は散文しか書かなかったが、会合などでよくお会いした。

半世紀経って、私が十年前に伊東へ移ると、その方の一人娘かず子さんが同じ町の、しかもすぐ近くに住んでいらしたのだ。それを教えてくれたのは詩人のお仲間で、私の本の最初の出版以来お世話になっている編集者だった。

かず子さんも本が大好き。ご自分は書かれないが、父君の遺稿や残された資料も大切に保存されていて、交際範囲が広かった。

ある日、私は彼女の家で二人の若い女客とお茶をごちそうになった。東京からの泊まり客は新進の陶芸家。私は以前に、このお二人を車で伊豆高原の美術館へご案内したことがある。

女四人の話は賑やかに弾んだ。お客様は、どちらも女手ひとつでお子さんを育てておられる。勢い、男性批判は手きびしかった。

「私たちの父親の世代って、すごい亭主関白が多いわね。ひっぱたきたくなっちゃう」

「あなた方とは時代が違うのよ。私なんか、お前さん、て呼ばれて口答えもできなかった」

数年前にご主人を亡くされたかず子さんがしみじみと言った。そのとき私は、ご主人の亡くなった日を思い出した。癌だった。かず子さんは涙の痕もなく、白布を掛けたご主人の枕元にしょんぼりと坐っていた。やがて、病院で聞いたか、葬儀屋がきて「どのランクにしましょうか」とパンフレットを差し出した。寒い夜の座敷で、私たちは言葉を失っていた。

リウマチを患っている手をかばいながら、かず子さんは猫を相手の一人暮らしである。私はまだどうにか車を運転するので、スーパーや薬局くらいなら彼女を誘って乗せるが、眼が悪くなってからはそれも気がひけてきた。

「手術して免許更新はできたけど、トシもトシだし、間違いがあっては申しわけないものね。かず子さんはそれでもいい、とおっしゃるけど……」

「アラ、ほんとにいいのよ。ましおさんの車で万一事故に遇って私が怪我をしても、けっして恨んだりはしない。お互いの災難ですもの」

お客二人が〝まァ！〟と眼を丸くした。

「女同士、珍しい御関係ねぇ」

じつはこの客人二人、かず子さんの安否を気遣ってしょっちゅう便りをし、訪ねてもくる。

つと立って、お茶を淹《い》れ替えたかず子さんが、

「救急車が通ると、ア、ましおさんのご主人じゃないかしらって、電話かけたりするの」

「アラ、慌てんぼのかず子さんが、またいつかみたいに転んだんじゃないかって、私も」

私たちにもかず子さんにも子どもはある。しかし、どちらも一緒に住む気持はない。うちは北海道なので、とても寒い所には、と夫は首を振る。かず子さんのお嬢さんは湘南《しょうなん》と大阪、それでもやはり気ままな一人暮らしがいいと言う。

「でもね、呆《ぼ》けるか、寝たきりになるか、明日が分からない。子どもに断言はできないわ」

と、私はつい気弱になるが、彼女は頑としてうなずかず、早口で言った。

「地震か火事でもあってどちらかの家が潰れたら、集まって一緒に住めばいいじゃないの」

心強い提言である。客人たちは無言のまま。

「そうねぇ、滅多に両方ともダメになることもないでしょうからね」

と私。

「そうよ」

と、かず子さんは爽やかに微笑した。

くるま事情

近くのかず子さんを乗せて市内の国立病院へ向かった。彼女はリウマチ科、私は内科。

「駐車場がいつも満車だから心配だけど、タクシーじゃ買物にまわれないものねぇ」と私。

十分ほどで着いたが、案の定、車はぎっしりだった。ハラハラしながら玄関前を過ぎ、奥へ進んだ。行き止まりに一台分だけ空いていた。しめたッ、とばかりゆっくり方向転換してバックで入ろうとした途端、横からさっと赤い軽乗用車が現われて前向きにそこへ停まった。接触寸前であった。がっかりしてかず子さんに「診察券を出しておいてちょうだい」と頼み、家へ戻ってタクシーで出直そうと思った。そのとき、中年の婦人が私の車の窓を叩いた。

「わたしはいま出ますから、どうぞ」

と赤い車の隣りを指さした。そして、

「あの、あなたの車、後輪がパンクしてますよ」

と言う。

うかつだった。そういえば、きのうあたり少し妙な感触があったが、気にも止めなかった。タイヤは二カ月前に、四輪とも新調したばかりなのだ。

自分の車を通路に停めた婦人は、

「ハイ、もう少し右へ切って」

などと私の車を誘導して、狭いスペースにバックで入るまで見ていてくれた。どぎまぎするほどうれしく、礼を言って降りると、左後輪がペシャンコにちかい。恥ずかしかった。診察券をかず子さんに渡して営業所に電話をかけた。幸い、私の係のディーラーがいて、待つほどもなくきてくれた。

「釘を踏んでますね」

補助タイヤに着け換えて、

「あとでお宅へ伺います」

と笑顔で戻っていった。この車にして六年、右足が悪い私は左アクセルの特別仕様車である。足踏み式ブレーキをサイドブレーキ式に、と無理な仕事を頼んだり、点検以外にも何かと世話になりっ放しの彼だった。

それから数日後。雨の午前に近くの美容院へ出かけた。どうしてか、アクセルを踏まないのに車がグンと大きく進む。サイドを引き、ブレーキを踏みながらやっと駐車場へ停めた。そこはご夫妻が美容師さんである。ご主人が、

「ヘンですね、回転数が並みじゃないようですよ」

と、先客への手を止めて振り向いた。窓から見えたのだ。

「コンピューターの故障かもしれませんねぇ」

と言う。

ともかく不安だから、カットを終えると電話を借りた。じつは、今度の車はここのご主人の紹介で求めたもので、車種も同じだった。彼はディーラーへの電話にも口を添え、さっさと私を家へ送るべく自分の車へ向かった。私は次のお客に挨拶をして彼に従った。

まもなく美容院から、

「今、車を取りにきました。あとでお宅へ連絡するように言いましたから」

という電話があった。運転席の床のマットがアクセルペダルにかかったのが原因かもしれない、と言ってたから何でもないかもしれませんよ、と慰めてくれた。しかし、私はなかなか先刻からの動悸がおさまらない。車は、一瞬の操作不能でどんな大事故につながるかもわからない。三十年ちかくもどうやら無事故できたのに、と頭に血が上った。美容師さんのご親切がなければ、と、ぞッとした。

午後五時に車が届いた。やはり回転数の異常はマットがペダルにかかったせいだった。念のためにその部位のマットを切り取ってもらった。だが、先日パンクしたタイヤが修理不能なまでに傷んでいたから新しくしたという。パンクしているのにペシャンコになるまで走ったのが悪かった。

それにしても、私が今こうして無事でいられるのは、いったい何人のひとのおかげか、と思わず手を合わせる気持になった。

雉子鳩

世の中はグルメブームだが、わが家では年ごとにメニューの数が減ってきた。まず、脂っこい肉料理にはすっかり縁が遠くなった。長患いの関白亭主は〝同じものを二度つづけて出すな〞と言う。ただし、朝の納豆だけはその限りに非ずである。うちでは毎度納豆に生玉葱のみじん切りを添える。納豆は体にいいと夫は言うが、血液をサラサラにするといわれる一方で、血栓をつくりやすいとの説も聞いた。ま、どちらでもいいや、先が知れてる、と私は不埒《ふらち》な了見で気にもとめない。

しかし、老いるにしたがって食べる量も少なくなった。夫は、

「土が変わったか、トマトがトマトの味がしない」

とか、

「海が汚染されたせいか、マグロがカツオみたいだ」

などと己れの味覚の変化を棚に上げて、しきりに理屈を並べ立てる。私は、

「カツオに失礼でしょうよ」

と茶化してはみるものの、スーパーの魚売り場の前で手が出せなくなり、ひとり溜息をついている。

そんな日暮らしのなかで、いつも黙って私の差し出す同じ品を食べてくれる者がいる。春から秋までずっとわが家の庭先を餌場にしている雉子鳩である。

たいていは二羽でやってくるが、一羽が心なしか小ぶりで尾羽の先が少し割れている。孔雀にも似た美しい羽の紋様や色合いでは雌雄の見分けもつかないので、親子か夫婦か、そこのところは判別できない。彼らは近くの森にでも棲んでいるのか、いつも私たちの昼食じぶんに餌を催促にくる。

「きょうはまだこないわねぇ。どうしたのかしら」

「雨が降ってるからかな」

肺気腫の夫が、酸素吸入のチューブを調整しながら顔を上げると、小雨にけぶる窓際の

低い物干し台に影がさした。すると、私と鳩たちとの視線がピタリと合った。

「アイヨ、アイヨ」

私が飲みかけの牛乳コップを置いて立つと、三、四メートル先の縁端へ行くより早く鳩たちはよちよちときて可愛い首をもたげている。

餌は町のホームセンターで買ってくる袋入りのものだが、とうもろこしの乾いた実のほかに、大麦、小麦、ソバなどが入っている。見ていると、鳩はとうもろこしの実よりも黒白混じった小粒の餌のほうから先についばむようである。

二羽のうち、やや小ぶりのほうが一歩下がって食べているふうにみえる。番《つが》いだろうか。まるまるとした二羽の鳩は、眼がイキイキと輝き、餌をついばむ動作が何とも敏捷で小気味よいくらい適確だ。青春、という文字を連想させて妬ましくさえなる。私はつい離れられなくなり、小さなくちばしの動きに見惚れていた。

そして、ふと最近読んだ白洲正子さんの随想を思い出した。夕顔の花が咲く時刻に、そのひらく瞬間を見ようと、作者が一つの花に眼を凝らして何時間も根気よく待った。ところが、いつまでもうなだれていた蕾が、ついにそのままポトリと落ちたという。命を絶ったのだ。まわりに群生していた夕顔はいつのまにかみんな元気にひらいていたそうである。

私は鳩から眼をそらして立った。花にも鳥にも心があるにちがいない。食卓に戻ると、箸を置いた夫が例の如く最大級のしかめっ面で苦しそうにしていた。彼の病気には頓服もなく、そっとしておくよりすべがないのだ。軽い食事をすませた私は、仕方なく再び鳩を見に行った。敷石の上は舐めたように一粒残らず食べ尽くされ、二羽の鳩は芝生の上を仲良く散歩していた。

温泉

うちの風呂場は、蛇口をひねると温泉が出てくる。大変結構な身分にきこえるだろうが、じつは基本量というのがあって、それを超えると一立方メートルいくら、と加算されるみみっちい仕組なのである。しかし、よその人はたいてい、年中お湯が出っ放しで溢れている温泉旅館を想像なさるらしい。

ある日、まだ若い女友だち二人が遊びにきてくれるという。お二人とも最前線で活躍中のジャーナリストである。東京へ出かけるのが少々億劫になっている私は、懐かしい顔に会えるのがうれしくて、いまかいまかと待った。

お客様二人はアルコールに強い。酔ってからの入浴は毒だからと、肺気腫の夫が病気を忘れたように張り切って、彼女たちの到着時刻を見計らい浴槽に湯を張った。

しばらくぶりでのおしゃべりは尽きないが、まずは、と二人は早々に風呂場へ直行した。明るい話し声が洩れてきた。やがてタオルで汗を拭きながら居間に戻ると、声をそろえて
「ゴクラクゥー」を連発した。

その夜は、ビールから日本酒と、私の下手な煮物を肴にしての楽しい宴《うたげ》になった。

「静かねぇ」

と、話の合い間にふと一人がつぶやくと、

「怖いみたい」

と、もう一人が盃をおいてあたりを見回した。

東京の真ン中に住んでいる二人には、物音ひとつしない伊豆の夜が無気味にさえ思えるようだった。この台地は別荘が多いので、休日以外はとくに人っけが少ない。山の中の温泉場気分を味わってもらえるのはいいが、小さな家なので客間などという余裕はない。私の部屋にふとんを敷き詰めての雑魚寝《ざこね》だった。

話し疲れと、多少塩分を含んだ泉質、そしてお酒のせいであろう、お客様は十時になるかならないうちに眠気を催したようで、パタンキューと床に入ってしまった。

翌朝、五時ごろだったろうか、客の一人が私の枕元を抜き足差し足で通り過ぎた。気がついて眼をあけるとニコッと笑顔をみせた。ご不浄かしら、と何気なく見送った私はそのままうとうとしていた。

まもなく階段を下りる気配がした。夫の部屋は二階なのだ。夫も小用かな、と私はそろそろ朝食の仕度にかかろうと体を起こした。

「キャーッ！」

風呂場からだった。

気を利かした夫が、お客様に朝風呂をご馳走するために湯を入れるべく二階から下りてきた、と分かったのはあとのことである。扉をあけたら、女客が白い背を丸めて肩に湯を打たせていたという。もう一人の友だちと〝朝も温泉に入ろうね〟と約束していたそうだから、てっきり相棒さんだと思って顔をほころばせたのであろう。ところが、振り向けば痩せこけたじじいがいた、というわけである。

夫は夫で腰を抜かしそうになった。精いっぱいのもてなしをしようと、いつになく早起きをして、物音を立てないように風呂場の扉もそっとあけたという。私は、彼女がお湯の溜まるまでに風邪をひかないかと気が揉めた。

これは二、三年前の話である。最近は病勢がすすんで、体重三十八キロにまで衰えた夫はめったに温泉に入れなくなった。呼吸不全の体には、温泉に限らずその水圧がよくないという。入浴は一トンの圧力がかかるほどだ、とも言われる。

私は痛い足腰を温めたくて、毎晩入浴している。しかし、恨めしげな夫の視線を避け、つい足音を忍ばせて風呂場へ向かうことになる。

老い競争

私は、手も足も、心臓も胃袋もというふうに、まともでないところが多い。だが、歯だけは八重歯を抜いたあとの二、三本しか入れ歯はなくて、他は全部自前である。

じつは、眼も、細いけれども人一倍よく見えるほうだと己惚れていた。若いじぶんに日本刺繍をして仮性近視になったが、じき元に戻った。しかし、これは当てが外れて、一昨年、網膜《もうまく》の病気で左眼が視力ゼロに、右眼は白内障の手術をしたが、視力は〇・四しか出ない。

残るは歯だけなのだが、それも少々心細くなってきた。確かに、ほとんど自分の歯ではある。だが、ごはん粒がそっくり入るほどの隙間だらけだし、このところなぜか歯をきつゥく噛みしめる癖がついた。まるで意地の悪い姑にいじめられて我慢している嫁のように、奥歯だけでなく、常時前歯までキリキリと噛んでいるのである。好きな本を読んでいるときでも、ふと気がつくとキリキリをやっている。べつに歯ぎしりをするほど口惜しいこともないはずなのに何というバカな、と自分を笑いたくなった。そして、机の抽出しから小さな鏡を取り出した。笑おうとして、ひょっと笑いを止めると、歯をむき出しにした顔がそこにあった。ぞッとした。

歯の故障はそればかりではない。粘り気のあるもの、餅はもとより、柔らかい干しいもの類まで衰えた歯ぐきにへばりついて、咀嚼運動がままならない。

夫は、上下一本ずつ残った自分の歯を後生大事にしている入れ歯族である。ふだんは、

「オレはおまえと違って歯がダメだから、きゅうりは揉まないですりおろしてくれ、白菜の漬物はみじん切りに」

と離乳食のような注文をする。しかし、イカ、タコ、しじみなどの魚介類は、

「うまいなァ、噛んでると味が出てくる」

と言うのだから摩訶不思議と言おうか。

この八年来、夫は肺気腫とつき合っている。だが、これは別格のようだ。始終「苦しい、苦しい」とは言っているが、競争のしようがないためか、私との比較の対象にはしない。

その夫の眼は、うそかまことか、昔は瞳が常人よりずっと大きいのだと自慢していた。それが、テレビの画面が見えにくいのは、白内障がひどいのにちがいない、とひとりで決め込んでいる。私がかかっている眼科医に手術をしてもらいたいと言うので、まず私がお医者に相談してみた。

「ここは眼科病院です。酸素吸入をしている患者さんの手術は引き受けられません。各科が揃っている総合病院へ行ってください」

と断わられた。

夫はそれも億劫なのか、病院へ行くとは言わないが、「よく見えない」は連発する。しかし、ときに、

「あ、鹿児島で地震だ。震度三だよ」などと、テレビの細かい字のテロップをすらすら

と読み下したりする。私は内心、まぁ、大丈夫のようだと沈黙を守ることにした。

ところで、最近奇妙な心理現象に気がついた。私は七十九歳、夫は八十歳である。これほど老いがすすんでも何とたわいのないことかと恥ずかしいが、どうやら私たちはいつのまにか二人の老い加減を競い合っているようなフシがあるのだ。

私が何かの拍子に「腰が痛い」と言えば、夫はすかさず「オレなんか夜寝てるときでも痛いんだぞ」と応じる。負けず嫌いの夫はつねにオレのほうが眼も歯も腰も……と言いたいらしい。あるいは、呼吸不全の苦しみを紛らせようとしているのでもあろうか。だが、あまりそれを強調されると、歯を噛みしめながら、つい「私だって」と言いたくなるのだった。

猪戸通り

JR伊東駅のすぐ近くに、猪戸《ししど》通りという、三、四百メートルの落ちついた商店街がある。

そこには、昔、傷ついた猪が体を湿地に浸して癒したとの伝説があり、それが温泉の起源だといわれる。旅館の玄関前に猪の親子が遊ぶ石像が置かれ、道路端には猪の銅像が鎮座ましましている。以前はよく浴衣がけの観光客を見かけたが、最近はホテルで万事間に合うらしくて、あまり見なくなった。

通りの両側には高い建物などなくて、洋品店や酒屋、くすり屋、魚屋などが軒を並べている。とにかく、いまどき珍しく、なつかしい雰囲気の商店街だった。

旅館の向かい側の駐車場はあまり使いやすくないのだが、管理の小父さんがいい。このうえなく無愛想なくせに、私の車が左アクセルなのを知って、キーを渡せなどとは言わないで、黙って通してくれる。じつは、その先の衣料品店が廃業して駐車場になったが、機械化で無人だから私は敬遠している。

狭い道路に車の往来だけは激しいので、私は杖をつき道の端をえらんで歩く。その杖を買ったのは、〝おみやげ〟という古びた横看板の店だった。薄暗い店の隅の傘立てにステッキが五、六本入っている。

先日、杖の先のゴムが減ったのでその店に寄ってみた。七十歳くらいの主人が、腰をかがめ加減にして出てきた。

「三百円と五百円、どっちにしますか」

三百円のほうだって決して悪い品ではないのだが、と言いながらていねいに取り替えてくれた。そして、

「これじゃ杖が泣きます」と奥へとって返した。何やら持ってきた彼は、塗料の剝げたところを片っ端からこすり始めたのである。焦茶色の杖は、見違えるほど新しくなった。私は礼を言って「いかほどお払いすればいいかしら」と聞いた。

「とんでもない、ゴムの五百円だけいただきます」

彼はぶるるんと首を振った。前髪のしらがが二、三本揺れた。私がせめて取っておいてくださいと千円札を出すと、怒ったような表情で私の手にポンと五百円玉を握らせた。私は頭を低く下げ、恐縮して店を出た。

土産物屋から百メートルくらい歩くと、サッシのドアに〝合カギ・靴の修理〟と書かれた店がある。私の靴は浅草で作ってもらうのだが、小児マヒの手術をした右足の靴は左足の靴よりヒールが高くて、ずっと小さい。何足もあるのに、やはり履きやすいのは一、二足だから傷みがひどかった。

ある日、通りがかりに思いついて、そこのドアを押した。三十五、六歳の男が胸当てのあるキリリとした作業服で仕事をしていた。

店は大きな機械が一台あるきりで、三坪か四坪。入り口近くに靴の中敷きや靴墨、キーホルダーが並べてあり、古い椅子が一脚置かれていた。ここの主《あるじ》も愛想はよくない。私は履いている靴をぬいで見せた。両掌で大事そうにボロ靴を受け取った彼は、「これは、三十分くらいかかりますよ」と言った。

「外出用の靴を持ってくるお客さんが多いが、本当はこういうふだん履きこそ手入れが必要なんです」とつぶやいて機械の前に立った。どうやら少々理屈っぽい人のようだ。しかし、仕事は手早かった。かかとの先を新しくし、すり減った底をブツブツのあるゴムに貼り替えて、「さあ、これで大丈夫」と満足そうに頬をゆるめた。料金は気の毒なほど安かった。

私は靴底が路面に吸い着くような履き心地を楽しみながら杖を運び、白い木綿糸を買うべく、その先の店へ向かった。

その家の人

私の家のすぐ近くに新しいおうちが建った。赤煉瓦を模した外壁と、玄関へのスロープが珍しかった。

散歩、といっても千歩足らずだが、毎日通りかかるのでいつかそこの奥さんと話すようになった。四十歳くらいであろうか。スロープはご主人の車イス用だという。私は杖をついてやっと歩いているのだった。

ある日、おうちの中を見せてもらって驚いた。いっさい段差がないばかりか、フロアはやわらかい感触のコルク張り、お手洗いをはじめ、すべてが車イスに合わせてある。風呂場も、浴槽の高さの台にいったん腰をおろしてから入るようになっていた。それを見た私は、いつも浴槽の前に這いつくばってしばし思案したのちに〝よっこらしょッ〟と入っている自分の姿を描いて溜息が出た。

訪問看護という大変なお仕事を持つ奥さんだが、どのお部屋もすっきりと片付いていて、車イスの邪魔になる物は何ひとつない。作り付けの戸棚がいくつもあって、その中がまた整然としているのだ。

庭に面した広いお部屋の隅で、ご主人がパソコンを操作しておられた。建設現場での事故で下半身マヒになったのだそうである。端整な面差しのご主人は〝杖をついてでも、とにかく歩ける人が羨ましい〟とおっしゃる。私はハッとして我に返った。私の右足は小児マヒの上に、最近坐骨神経痛になった。左足は、医療ミスのために四十年来シビレと痛みがあり、膝は関節変形症でつねに水が溜まっていて痛い。両足とも全滅だと悲観していたが、これはぜいたくであった。やがて、奥さんがさりげなく言われた。

「冷たいように聞こえますけど、わたしは主人を普通の人として扱ってるんですよ。気の毒だからなんて、よけいなことまではしてあげないほうがいいんじゃないでしょうか」

途端に、私は遠い昔を思い出した。小学五年生から、学業を終えてすぐに手術をするまで片松葉杖をついていた。その日、長い袖の和服に紺の袴を胸高にはいた私は、ハタチになったばかりだった。当時活躍中の女性作家と一緒にバスに乗ったのである。

「すみませんが、この人は足が悪いので席をゆずってあげてくださいませんか」

松葉杖に袖をかぶせて入り口近くのパイプにつかまっていた私は、彼女の言葉にドキリとした。中年紳士が立ってくれた。いずれもありがたい好意なのだ。だが、私は心の中ですっかりベソを掻いていた。

礼を言って席につくと、膝の前にニョキリと黒い漆塗りの杖が丸出しになった。裸にされた思いだった。わがまま至極な話だが、若い私には杖を人眼に晒すのが何より恥ずかしく、つらかったのである。

――現実に戻ると、奥さんがひとりごとのようにつぶやく声がした。

「他人の苦しみは、本当には分かりませんよね」

語尾の響きに、ご主人に対する深いいたわりが感じられた。

足の神経が生きていて痛みやシビレを覚える私には、下半身マヒの苦痛は分かりきらない。同様に、私の痛みも他の人に分かってもらうのは無理。だからこそ、できる限り他人の苦痛を思いやり、心を添えるようにしたい。そうは承知していても、身勝手な私はなんとかこの痛みを察してほしい、と恨めしくさえなってしまう。そういう自分を持て余しているので、車イスのご主人と奥さんの明るく穏やかな表情に頭が下がるのだった。

きょうもその家の前で杖を休めた。門の中に赤い車がなかった。あの奥さんはお仕事なのだ、と何度も振り返ってみた。

心のふるさと

一九四九（昭和二十四）年に東京で家を失った私は、喘息の夫と二歳の娘の三人、あるお方の紹介で全く見知らぬ町の平《たいら》（現・いわき市）に移り住んだ。それから十三年間、息子が生まれ、夫が肺結核を併発して大野の県立病院で胸郭成形手術を受け、住む部屋を追われて転々とした。最後に胡摩沢《ごまざわ》の藁屋根のボロ家が消防条例に反するといわれて仕方なく東京へ引き揚げたが、その後もずっといわきの方々とのご縁がつづいている。

実は、かかりつけのお医者も、眼科、整形外科、歯科、耳鼻科というふうに、静岡県の伊東に住む今もかよっているのだった。

つい先日も、平の眼科と内郷《うちごう》の病院で診察を受けた。いつものように、佐藤卓布さんと和田文夫さんに連れて行ってもらい、付き添って頂いた。お二人とも四十何年来のおつき合いである。

そのとき、佐藤さんから〝心に残る風景画展〟についての趣旨書を頂いた。帰りの高速バスの中でひらいてみて涙がこぼれそうになった。平の古い建物の写真が載っていたのだ。堀薬局、大一屋、中野洋品店、大和田耳鼻科などなど、何ともなつかしいたたずまいである。当時の町がそのままカラー写真になってありありと浮かんだ。

一九五二（昭和二十七）年、ながい療養生活の夫を病院へ送ったあとも、私は平二丁目のかみや呉服店の仕立物をさせて頂いて、かつがつの暮らしを立てた。赤ん坊を背負い、娘の手を引いて二丁目へ日参した。すっかり居ついてしまった白い野良犬が、そのころ住んでいた六人町から八幡さま、長坂を過ぎ、踏切りを渡って私たち親子を先導した。足の悪い私が、子を連れ、仕立物を抱えてピョコタンと歩くのを、犬がときどき振り返った。お店へ着くと、先に入って尾を振っている犬に、美しいおかみさんが「トンコ、トンコ」と踊ってみせていた。流行していたトンコぶしである。犬の名前もトンコだった。

近所の、失対に出ていた女の人と二、三合のお米や少しのおしょうゆを分け合ったりした。思えば、そんななかで犬もひもじかったのではないだろうか。

夫が何度も危篤状態になった。息子も小児喘息だった。そのたびにかみやさんにご迷惑をかけ、そのお隣りの堀薬局で薬を貸してもらい励まして頂いた。

六人町から平窪の部屋へ移ったころ、夜中に仕事をしていた私の前へ入院中の夫が現われた。お化けである。ピシャリと障子をしめて出て行ったと思ったら病院からキトク電報が届いた。親切な大家さんが、私と子どもをリヤカーに乗せて平駅まで送って下さった。
――高速バスは友部を過ぎた。私はふと、平で最初に住んだ家、丹後沢の元ボート小屋を思い出した。小屋の裏手にある桜樹の下に、山からの水を貯める大きな石の水槽があった。季節がくると、水面全体に花びらが散り敷いて桜色に染まる。

当時を偲んでうっとりしていると、バスは両側が黒く、四角いトンネルのような所へきた。東京である。行くときは、灯のついた長いトンネルを十二、三抜けるといわきへ入る。こんどいついわきへ行かれるかしら、と考えたとたんに私は遮二無二駆け戻りたくなった。

生まれた東京は、もはや昔の面影などさらにない他人の町。やっぱり、いちばん苦しい時代を人びとの情けで生かして頂いた、そして今もお世話になっているいわきこそ、わが町、ふるさとである。

病室にて

坐骨神経痛で入院し、四人部屋で一カ月過ごした。部屋の入り口、右のベッドには、色白、面長でゆるいパーマの似合う五十代の人。リウマチで膝に人工関節を入れる手術をしたそうである。左側は六十代、小柄で標準的美人。大腿部骨折の手術後、順調に経過している由。がっしりとしたご主人が毎日お見舞いにみえて、明るい声で話していかれる。私は窓際の左奥、向かいは八十三歳のヘルニア患者。髪を黒々と染めた大柄な彼女は、「痛い、痛い」と言いながら身だしなみがいい。

私は脊椎管狭窄症が真の病名だそうだが、注射もくすりも坐薬も効かず、ついに神経ブロックという、大変つらい治療を三回受けた。だが、それもあまり効果がなかった。一時は麻酔後のシビレからか痛みは消えるが、じきに元へ戻ってしまう。痛みを測る機械がないのが残念だが、なかなか正確には表現しにくい。これでもブロックが少しは効いているのかしら、と思えたりもする。それに痛みには波があって、いつも一定してはいない。

ある朝、多少いいような気がして、回診の医師の前で歩いてみせた。ほんとうに、その瞬間はラクに歩けたのだ。ヘルニアの老女が「はしゃいじゃって、まア！」と呆れ顔をした。医師は「効いたんだ、ぼくもうれしいよ」と笑顔になった。医師に治療の甲斐がないと言ってがっかりさせるのは申しわけない気もして、つい、いい顔をしてみせたくなる。

神経ブロックは、効果がないと分かれば中止になる、という話も聞いた。一時的にでも効果があるとなればつづけるというのだ。いったい、私には効いているのかどうか。正しい診断のためにはそこのところが大事なのだろうが、本人の私にももうひとつ判然としない。

隣りの骨折の人は傷が癒えて、リハビリ室に通い始めた。日一日と表情が晴れやかになり、見舞いのご主人との会話も弾んでいる。私が風邪をひいて調剤された薬をのんでいると、「カッコントウですってさ、変な名前ねぇ、ホホホ」とのぞき込んだ。少女のような声だった。痛みから解放された彼女は、快復の喜びに浸っている。

私もそれを祝福したいが、足を動かすたびに激痛が走る。

若いリウマチさんは顔色が冴えない。静かな人だが、ときどき眉をしかめて大きく腫れた膝をかかえている。手術口がすっかりふさがらなくて、バイキンが入るおそれがあるとか。人工関節は十年しか保たなくて、階段の上り下りにも磨耗するという。

ヘルニアの老女は、といっても私も八十歳なのだが、彼女は手術を希望している。医師は年齢を考えて手術は無理だという。少々背中が曲がっても痛みが取れればいいから、と切望しても許されず、一時抑えの注射はするが、あとは安静のみといわれている。こんな按配なら退院する、となかなか気丈な人である。

消灯前のひととき、四人が何となくベッドに坐って雑談をした。骨折の人が不自然なほど身を乗り出している。リウマチさんは冷静そのもの、ヘルニアさんはもの憂そうに相槌を打っている。骨折の人にメニエル病があって、耳が遠いと分かったのはそのときである。発作が起きるとひどい目まいと嘔吐で倒れると、サラリと告白された。話が時にトンチンカンになるのは難聴のためだった。ただの朗らかさんではなかった。ご主人の大声にも訳があったのだ。

人は、いえ私はつい自分が一番苦しいと思ってしまうが、誰もがそれぞれに悩みを抱いて生きているのだ、と思い知らされた。

午後のひととき

このあたりは、別荘が多くて常住者のほうが少ないくらいである。私の家の両隣りも別荘族だが、親しくおつき合いしている。もう一軒、歩いて五分ほどの坂本さんは東京・杉並の方で、六十代後半の気さくなご夫妻だ。

ある日。坂本夫人が、「勝手知ったる何とかで、上がりますよ」とふくよかな顔をみせた。「ロールキャベツを作ったから」と小鍋のフタを取ると、温かそうな湯気が立った。肺気腫の老夫と神経痛の私にはありがたいご馳走である。夫人は「なんの、つい作りすぎちゃうもんですからね」と如才がない。

やがて座ぶとんに落ちつくと、

「きょうは主人とちょっと気まずいことがありましてね」と話を切り出した。同じ杉並に住むご主人の妹さんが、独身で長患い、しかもわがままなのだという。「実の妹ならけんかもできますけど、小姑ともなればそうもいかず、我慢、我慢です」。

根が朗らかな夫人は、そんな話をしながらも微笑を絶やさない。「ごめんなさい、痛い人につまらない愚痴をこぼして」と台所へ立って、鍋の中身をわが家のどんぶりに移し替えた。そのとき、ピンポーンとチャイムが鳴った。私は立ち居が不自由なので、昼間は玄関のカギをかけないことにしている。

お客様は隣りの奥さんだった。「毎日ヘルパーさんがみえてるようだから、一応安心はしているものの ねぇ」とお菓子をくださった。そして「どうか、痛みがやわらぎますようにに」と白いてのひらへ、赤地に金色模様の小さな折り鶴を乗せた。「まァ、きれい！」と坂本夫人が眼を丸くした。お二人は顔見知りのようだった。

隣りの奥さんは七十代前半。腸の手術をなさってまだ日が浅く、細い肩先がいたいたしい。糖尿病のご主人は近ごろとみに気難しくなったという。

「トシをとればみんなこういうものかとも思いますけどね、息がつまりそうになります」

ご主人、いまはその辺をお散歩中、と首をすくめてみせた。彼女にはどこかひょうきんな一面がある。

「ねぇ、三人合わせれば、二百十幾つかしら」

「そうですね、でも考えてみたら、家のためにって夢中で働いてきただけですもの、ときどき虚しくなりますわ」と坂本夫人。

「そりゃそうですけど、お互い、子どもの可愛さも味わわせていただきましたし……」

隣りの奥さんの言葉をハネ返すように夫人が、「ついでに憎らしさもね、ホホホ」と笑った。続けて、「何だかだって言ってるうちに六十六にもなると、あちこちガタがきちゃった。老いるってのは残酷なものですねぇ」と遠くを見る眼になった。

「アラ、このなかで一番お若いのに何をおっしゃいますか」と私がそう言うか言わないうちに、隣りの奥さんが両腕を高く上げて「ああ、あ、世の中って、どうしてこうも思うようにならないものですかね」とため息をついた。すると、いたずらっぽく小首をかしげた坂本夫人が「いま、もし欲しいもの何でもあげるって言われたら——」と問いかけた。

「まず、丈夫なからだと優しい家族、それから」と隣りの奥さんの切実な表情が迫る。

私は痛みを取ってもらいたい、とつぶやいて「じゃ、あなたは?」と夫人の顔を見た。

「ああもしてほしい、こうもなってほしい、とてもかぞえきれません」

「そうね、私たちは、いえ誰も、死ぬまで欲のかたまりなんですねぇ」と私。

三人は顔を見合わせてうなずいた。

いわきへ

静岡県の伊東に住んでいて、眼科の主治医も整形外科のお医者も福島県いわき市のお方である。私の左眼は三年前に東京の病院で絶望だといわれて視力ゼロになった。右眼の網膜にも悪い血管があるのだが、いわきのお医者が何とか白内障の手術をして下さった。

昨年、脊椎管狭窄症からの神経痛で伊東の病院に入院した。そして内服薬も注射も坐薬も、神経ブロックさえ効果がなく、手術を恐れるのはわがままだと叱られて見離された。

そんなわけで眼も長い間診察を受けられず、神経痛も納得できないままになっている。

そこで、このたび思いきってまたいわきへ行こうと決心した。ヘルパーさんのほかに週一度、買い物を頼んでいる杉本さんが、お勤めが休みなので付き添ってくださるというのだ。直通電車はバスに間に合わないから、伊東線で熱海へ行き、新幹線に乗りかえる。東京駅まで連れて行ってもらえば、あとは高速バスで三時間。いわき駅へは、このたびも旧知二人が迎えにきてくれることになった。いちばん不安なのは、東京駅のバス乗り場までである。私は東京駅へ車イスを頼むつもりでいた。しかし、四十歳の杉本さんは首を振った。

「あのね、大学生になった娘の麻美も一緒に行きますから、真尾さんが歩けなくなったら、おんぶして走るそうです。体格のいい子ですもの、大丈夫。心配しないでまかせてください」

青春真っ盛りの人が、所もあろうに東京駅で、こんなしらが頭の年寄りをおぶってくれるというのだ。私は耳を疑った。杉本さんの大きな眼が涼しげに私を見つめて笑っている。彼女はふだんから、とても親切にしてくださる得難い人である。厚かましいとは思ったが、私はありがたく好意に甘えることにした。

その日がきた。朝七時半に車で伊東駅へ向かった。階段は二人に両脇をしっかり抱えてもらって、足をつけずに上り下りした。まるで三歳児のような格好である。新幹線も難なく乗りついで東京駅へ着いた。私は少々緊張した。雑踏も激しく、距離も長い。杉本さんのお嬢さんはスラリと背が高く頼もしい。私は思いっきり体重を預けて、痛い足を浮かせた。ようやくバスの乗り場が見えてきた。おんぶしてもらわなくてすんだが、付き添いさんは息を弾ませていた。バスが発車するまで見送って手を振っている二人に、私は胸が熱くなった。

いわき駅には旧知二人の顔が見えた。「きょうは車イスかと思ったよ」と言いながら、車に乗せてくれた。一人は八十四歳、もう一人は六十八歳。眼科病院で、点滴をしながらの蛍光撮影がすみ、診察が終わったのは午後六時だった。お医者は、「膜の萎縮もあり、右眼の視力は落ちたが、当分見えなくなる心配はない」と断言した。ずっと付き添っていた旧知が「まンず、まンず、えがったな」と眼をうるませた。

翌日は隣り町の病院へ行った。以前に腱鞘炎も、背中の腫瘍の手術もしてもらったお医者である。CTの検査の結果、やはり脊椎管にひどく細い部分があり、硬膜外注射もしたが効かず、手術以外に方法がない、とくわしく説明された。八十歳でも手術は可能だが、しかしね、とためらう医師を見て、私はやはり手術をしないで痛みに耐える気持になった。

その夜は、年長の知人の家へ集まって話し込んだ。戦後、再疎開をして十三年間住み、その後もひんぱんに往き来してお世話になったいわきである。だが、いまの私には、人様に迷惑をかけるこんな冒険旅行はもう望めない。口には出さなかったが、私はなつかしいいわきを訪ねる旅はこれが最後だと思った。

命《ぬち》どぅ宝

私と伊東市との御縁は、沖縄の取材でお世話になったお医者の別荘があったことにはじまる。十二、三年前である。何度かそこを訪ねるうちに、「いい町ねぇ」と好きになり、手ごろな売り家と埼玉県狭山市の家とをチェンジした。

私の二十年ちかい沖縄通いのなかで、親類づき合いになった人がほかにも何人かある。その一人の美智子さんが、思いがけなく伊東へ遊びにきてくれた。一昨年だった。羽田への飛行機は短いのに、電車に乗る時間の長いこと、とこぼされた。沖縄には電車がない。伊東駅へおりた彼女は、そこにいたバスに飛び乗った。終点の角折《つのり》からの電話でびっくりした私は、車でバス停まで迎えに行った。

ひめゆりの塔に近い村に住む美智子さんは、あの沖縄の地上戦で家族四人を一度に亡くしている。一九四五年六月十九日。日本兵に壕を追い出された一家は、摩文仁《マブニ》の木の下にかたまっていて夜明けに艦砲射撃に遭った。四月一日から始まった地上戦で、家を焼かれ、食べる物もなくハダシで逃げ回り疲れ果てていた。道端には住民の死骸が転がっている。アメリカ軍の戦車にひかれてペシャンコになった死体もある。それらをまたぎ飛び越えて逃げまどう日々だった。

気がつくと、美智子さんの膝に這い上がった妹が絶命していた。横にいた母と祖母は手足を千切られてこと切れ、もう一人の妹は片手を泳がせたまま動かなかった。五歳の弟と十八歳の彼女だけが無傷であった。アメリカ兵にみつからないうちにと、妹の死体をそっとおろして立った美智子さんは、濡れたもんぺの膝を絞った。血汁がジクジクと垂れた。艦砲射撃の音が響き、パンパンという銃声も聞こえる。四人の死体に手を触れるヒマもなく、弟を背負い身を投げるべくおろおろと海へ向かった彼女は、そこでアメリカ兵に捕らえられた。

一昨日の朝、その美智子さんから電話をもらった。「サミットのお祭り騒ぎで町へも出られなかった」と言いながら「あのいくさは、自分のなかではまだ終わってないさ」と涙声になった。そして「ホラ、クリントンさんがねぇ」と大統領のことを隣人の噂をする口調でつづけた。

「戦世《いくさゆ》んしまち弥勒世《みるくゆ》んやがてなぎくなよ臣下、命《ぬち》どぅ宝って演説したじゃないの、よくあんな方言を覚えてくれたもんね」

それは、美智子さんの舅になる人が沖縄本島の最南端、喜屋武《きゃん》岬で捕虜になった夜に空を仰いで朗々と歌った言葉である。皇国の民として捕虜になるより死ね、と教えられていた。しかし、違う、と彼は歌を繰り返した。昔、琉球の尚泰王が明治政府に東京移住を命じられたとき、臣下との別れを惜しんで、戦争の世のあとには、必ずいい時代がくるから歎かないで命を大事にしてほしい、と歌ったとされるものである。その歌は、私が十数年前に書いた本にも挿入しているのでうれしかった。

「クリントンさんが、基地を返してくれたらもっといい人なんだけどねぇ」

美智子さんが受話器の向こうで苦笑した。顔が見えるようだった。何だか急に沖縄と伊東が近く感じられた。

女優さん

古い知り合いの女優さんからお電話を頂いた。私よりひとつ年上、お若い時分から老け役が多く、テレビでもお馴染の方である。

この一年余りは、膝の半月板損傷《はんげつばんそんしょう》のために入院し、二度の手術後はリハビリの日々を送られた。そして、六月に新作の舞台公演をなさった。

「まずはよくなられておめでとうございます」

「それがねぇ、膝が曲がりにくくて困ってるんですよ。舞台に差し支えるでしょ。でも、年中足が痛む真尾さんを思えば不足なんか言えませんよね。あの、実は私も近頃、舞台以外では杖を使ってるんですよ、ホホホ」

「まァ、しばらくお会いしないうちにお変わりになったんですねぇ。とても想像できません。第一、杖なんてお似合いにならないわ」

「だって、八十を過ぎたんですよ。歳をとるってことは、これは恨んでも歎いても始まらない。自然にまかせて素直に生きるよりないじゃありませんか」

「そうですねぇ。お互いに長い間生かしてもらいましたものね。私も痛みはとれませんけど、生きていれば花も見られる、鳥の声も聞けるって思ってます」

「そういえば、私、補聴器のお世話にもなってますのよ。それがね、両方で三十万円もするのに、片方どこかへ失くしちゃったんですよ。でも大丈夫、片方でこうして電話もかけられます。それよりも、セリフを覚えにくくなったのがつらいんです。そりゃ、今はお客さまに分からないように教えてくれる装置があります。企業秘密ですけどね、ホホ。だからって、そんなのに頼ってしゃべったのでは、芝居に真実味がなくなります。よく覚え込んで身についたセリフに比べれば、舞台の出来がまるで違いますからね。私、芝居が心底好きなんです。十三の時からこの道に入りましたけど、好きだから今まで夢中でやってこられたんですよ、きっと」

「私たちの時代って、いろんなことがありましたねぇ。戦争やら食糧難やら……」

「戦時中は兵隊さんの慰問に行って危ない目にも遇いました。劇団は貧乏ですから、食べ物のない時代はそりゃ大変でしたよ」

私はふと、数年前の楽屋を思い出した。戦時下の農婦を演じて舞台を終えた彼女は、つぎはぎだらけの野良着が汗でぐっしょり濡れ、ハァハァと息づかいが荒かった。顔はもとより指の先まで汗が噴き出していた。私は思わず「風邪をひいたら大変。早く汗を拭いてください」と叫んだ。彼女は笑顔を崩さず、これが仕事、いや、生きる姿だと言わんばかりに「慣れていますよ」と静かにタオルを取った。

――受話器の向こうの声が急に低くなった。「真尾さん、私、ひ、ま、ごができたんですよ。

大《おお》ババです」

私は「えッ?」と思わず声をあげた。

「ちょっと待ってください。あのお嬢さん(いまは劇団を主宰する女優さん)が、大きなお腹《なか》でパーティに出てらしたのを覚えてます。黒いレースのお洋服でした。あの時の赤ちゃんにお子さんがねぇ。いつの間に月日が経ったんでしょう、恐ろしくなります」

「それだけ私たちが歳をとったってことですよね。そして、やがてお別れする時がきます。その日まで、私は芝居をしたい。今日うまくいったからって、明日もいい演技ができるとは限りません。一日一日、最後の時まで精いっぱい演じるしかないんです」

耳を傾けながら、私は自分の怠け心が恥ずかしくなった。

心に残る舞台

九月三日、札幌で希望舞台の『釈迦内柩唄』を観ました。幕が降りたとき、私はこらえきれずに涙を拭いていました。劇場に付き添ってくれた若いヘルパーさんも隣りで身じろぎもしません。激しい拍手のひびきで我に返りましたが、たくさんのセリフが渦巻くようによみがえってすぐには動けませんでした。

私は旧知の水上勉さんと同い年、軽井沢のお宅に泊めて頂いたり、一滴文庫へも何度か伺いました。ふじ子役の女優さん、弥太郎役の俳優さんと、水上さんのあのお声が重なります。二十年ほど前に頂いた、手漉《す》きの巻紙に自在な筆のお手紙には〝落ち込んでいる〟とありました。その後お会いした折〝あまり長生きしたくないな〟とおっしゃったのをよく覚えています。このお芝居をお書きになったのはそれより前なのに私は存じませんでした。

舞台の上で弥太郎が「人はみな平等、生まれた場所や仕事は違っていても、死んでしまえばみんな灰になるんだ」というセリフは、水上さんがおっしゃってるように聞こえました。

先年亡くなりましたが、親しくしていた在日で同年の作家、金達寿《キムタルス》さんとの話です。あるとき、私がうっかり朝鮮の人と言いましたら「の、は要らない。あんたは日本人、僕は朝鮮人」と叱られました。私たちの世代は、朝鮮人という言葉に、どうしても或るつらい感情がつきまとうのです。劇中の崔東伯が弥太郎一家に温かく迎えられた夜〝ありがとうございます〟を繰り返す、その心底を思いますと、申しわけなさに胸がえぐられます。強制労働を拒否して逃走中の彼はまもなく憲兵につれ去られます。舞台の陰からの銃声が私の体を鋭く突き抜けました。

崔東伯の柩を前にした弥太郎の〝軍の命令でも認可証のない死体は焼けない。法律を曲げても焼けというなら世は闇だ〟と叫ぶ姿が私の中から消えません。戦時下、軍の横暴に対して口をふさがれていた私たちの怒りそのものなのです。あのころ、出征兵士を見送るのに、目立ってはいけないと言われ、夜明けにひっそりと近くの神社へ行きました。戦死者の遺骨を迎えた時、家族は隣組の人には名誉だと言い、家へ駆け込むなり泣きくずれていた光景を幾度も見ています。

私は身内の何人かを火葬場へ送り、遺骨を箸で拾いました。でも、カマドの裏では〝特〟も〝並〟もなく、長い火カキ棒で引っくり返し、死体から出る脂がカマドに厚くこびりつくというのを初めて知りました。

私たち人間は、眠っているあいだも、自分の意志でも力でもなく、ちゃんと呼吸をし血はめぐり胃腸も動いています。その不可思議な働きは、国も民族も身分も全く関係ありません。そして、私たちは一人残らず最後は火葬場のお世話になります。

このお芝居はそこで働く人びとのお話ですが、世間の冷たい眼をはねかえし、リン、とし て生きた、弥太郎とタネ夫妻に心を打たれました。娘のふじ子はさんざん悩み苦しみます が、やがてすべてを乗りこえて父の仕事を継ぎ、明るく生きていきます。

このお芝居の感動を水上さんにご報告したいと思い、お声が少しご不自由と聞いていま したので、五日におぼつかない眼で手紙を書いて出しました。八日の朝、突然亡くなられ た、と友人からの電話です。しばらくは動悸が治まりませんでした。もう一度お話しした かったと、このお芝居の尽きない余韻をかみしめながら、ひとり掌を合わせていました。

あとがき

思いがけなく、八十五歳をすぎてもう一冊出して頂くことになりました。はじめの「敗戦まで」は、二十五年余り前、月刊誌に十八回連載したものの一部です。つづいての随筆はこの十数年のあいだに雑誌や新聞に書いたものを集めました。いずれも、恥ずかしい本音をさらけ出した文章ばかり、身のちぢむ想いがします。そして、私はなんと多くの方々の御情けにつつまれて生きてきたことかと、振り返って熱いものがこみ上げてきます。

この本を作って下さった影書房の松本昌次さんは、四十五年前に私の最初の本を出版して下さった御方です。そののちもずっとお世話になってきて、いま最後の本をまとめて下さいました。黄斑変性症の悪化で視力の衰えた私は、すべて御好意に甘えて御苦労をおかけしました。ありがたく、心から感謝しております。

二〇〇五年二月

札幌にて

真尾悦子

初出一覧

敗戦まで

　末代無智の表題で「同朋」一九八一年七月号から十八回連載したもののなかから第四回～九回分を抄録。

老いて

車内寸描「同朋」一九九一年一月号
よっこらしょ「同朋」一九九一年四月号
集団自決の島「よむ」一九九一年六月号
雀の巣「同朋」一九九一年七月号
南の島にて「同朋」一九九一年十月号
順不同「同朋」一九九二年一月号
仁科龍著『歎異抄入門』を読んで「鮫」一九九一年冬号
再会「婦人しんぶん」一九九二年二月二十五日号
指輪「同朋」一九九二年四月号
幻のアダン林「スクウェア」一九九二年六月号
死者の声「おぼん」一九九二年六月号
幼馴染「同朋」一九九二年七月号
激戦地だった村「同朋」一九九二年十月号
方言と母村「北海道を探る」一九九二年十月号
コタンの一夜「同朋」一九九三年一月号
テエゲエ精神「新沖縄文学」一九九二年冬号
元フランス人形「婦人しんぶん」一九九三年二月二十五日号
不意の声「同朋」一九九三年四月号
食卓風景「同朋」一九九三年七月号
トマトの味「人」一九九三年九月号
夫の背中「同朋」一九九三年十月号
のんきな患者「同朋」一九九四年一月号
天守閣「同朋」一九九四年四月号
リサイクル「同朋」一九九四年七月号
チマ・チョゴリ「スクウェア」一九九四年十月号
一刻千金「同朋」一九九四年十月号
ある日のこと「同朋」一九九五年一月号
嫁姉さん「同朋」一九九五年四月号
好日「同朋」一九九五年七月号
散歩みち「同朋」一九九五年十月号
いくさ世《ゆう》を生きて「記録」一九九五年十一月号
若い人たち「同朋」一九九六年一月号
島の人「同朋」一九九六年四月号
小さな手術「同朋」一九九六年七月号

国際電話「同朋」一九九六年十月号
冬桜「同朋」一九九七年一月号
茶髪の美青年「同朋」一九九七年四月号
古女房「同朋」一九九七年七月号
片眼片足「同朋」一九九七年十月号
ゴメンナサイ「同朋」一九九八年四月号
失敗！「同朋」一九九八年七月号
鈴「野の花」一九九七年七月号
電話「同朋」一九九八年一月号
老友「同朋」一九九八年四月号
くるま事情「同朋」一九九八年七月号
雉子鳩「同朋」一九九八年十月号
温泉「同朋」一九九九年一月号
老い競争「同朋」一九九九年四月号
猪戸通り「同朋」一九九九年七月号
その家の人「同朋」一九九九年十月号
心のふるさと「クラレット」一九九九年第四号
病室にて「同朋」二〇〇〇年一月号
午後のひととき「同朋」二〇〇〇年四月号
いわきへ「同朋」二〇〇〇年七月号
命どぅ宝「伊豆新聞」二〇〇〇年七月二十七日号

女優さん「同朋」二〇〇〇年十月号
心に残る舞台「劇団希望公演パンフレット」二〇〇四年十月

著者略歴

真尾悦子（ましお・えつこ）

1919年東京に生まれる。旧制共立女子専門学校卒業。
著書に『たった二人の工場から』『旧城跡三十二番地』（ともに未来社），『土と女』『地底の青春』『いくさ世を生きて』『海恋い』『沖縄 祝い唄』『サイクル野郎2500キロ』『阿佐ヶ谷貧乏物語』（以上，筑摩書房），『まぼろしの花』（冬樹社）『光の丘療護園 千人の父』（新潮社）『オレンジいろのふね』『お母さんはアダン林でねむっている』（以上、金の星社）。

歳《さい》月《げつ》

二〇〇五年 四月一五日 初版第一刷
著 者 真尾《ましお》 悦子《えつこ》
発行所 株式会社 影書房
発行者 松本昌次
〒114-0015 東京都北区中里三—四—五
ヒルサイドハウス一〇一
電 話 〇三（五九〇七）六七五五
ＦＡＸ 〇三（五九〇七）六七五六
E-mail：kageshobo@md.neweb.ne.jp
http://www.kageshobo.co.jp/
振 替 〇〇一七〇—四—八五〇七八
本文印刷＝スキルプリネット
装本印刷＝形成社
製本＝美行製本

定価 一、八〇〇円＋税

ISBN4-87714-330-0 C0095

真尾悦子　気ままの虫　￥1800
林京子　ドッグウッドの花咲く町　￥1500
石川逸子　〈日本の戦争〉と詩人たち　￥2400
金田茉莉　東京大空襲と戦争孤児——隠蔽された真実を追って　￥2200
佐藤征子　松田解子と私——往復書簡・ふるさとに心結びて　￥2000
富盛菊枝　子どもの時のなかへ　￥1800
李正子　鳳仙花のうた　￥2200
増山たづ子　徳山村写真全記録　￥3500